LOCUS

LOCUS

L O C U S

L O C U S

Smile, please

smile 70

嬈嬌美麗是阮的山

作者　施寄青與她的鄰居們
責任編輯　李惠貞
美術設計　徐蕙蕙
法律顧問　全理律師事務所董安丹律師
出版者　大塊文化出版股份有限公司
台北市105南京東路四段25號11樓
www.locuspublishing.com

讀者服務專線　0800-006689
TEL　(02) 8712-3898
FAX　(02) 8712-3897
郵撥帳號　18955675
戶名　大塊文化出版股份有限公司

總經銷　大和書報圖書股份有限公司
台北縣五股工業區五工五路2號
TEL　(02) 8990-2588（代表號）
FAX　(02) 2290-1658
製版　瑞豐實業股份有限公司
初版一刷　2006年9月
初版二刷　2006年12月

定價　新台幣300元
ISBN 978-986-7059-36-9
Printed in Taiwan

嬈嬌美麗是阮的山。

在蟲鳴鳥叫的美麗山林間，建立一個遠離塵囂的新家園

目　錄

序

都是陶淵明惹的禍

—侏儸紀故鄉營造協會—

要不要出這本書，讓大家著實琢磨很久。我們都是從都市境內移民到鄉下的，有人為了養病，有人為了減壓，更多人是想效法陶淵明。
鄉居的種種困境，鄰居們在文中都已詳細說明，無庸在此贅述。
我們也因圓鄉居夢圓的辛苦，希望有志於此的人，會因我們現身說法而少吃些苦頭，或更慎重其事地考慮下鄉的決定。

但我們絕不希望此書出來後，我們住的社區成了觀光勝地，讓居住於此有意清修的人不堪其擾。也不期盼更多人進住此區。因為水源不足的關係，再多的人進住，便會成了無水可飲的局面。這也是我們最擔心的事。
若我們真擔心人口密度高、水源不足，不如默默在此鄉居，何必大聲嚷嚷呢？
我們只是心疼台灣的好山好水這麼多，卻是蹧蹋的人多，疼惜的人少。台灣任何地方都可打造出一個現代桃源社區，只消少數有心人。前提是要真心愛上這片土地，而不是用嘴巴高唱愛台灣。

我們寫此書的另一目的是要指出中央、地方政府及鄉鎮公所公務人員的顢頇。國會殿堂中的議員們是如何閉門造車的制訂政策，使人們無法安居樂業。

放眼台灣這個曾是舉世讚美的「福爾摩沙」，如今在濫墾濫建下已是滿目瘡痍。大家只要從兩條高速公路由北至南而下，就可以看到很多十幾廿層高聳大樓櫛比鱗次蓋在山坡地上，他們如何能將山坡地保育地變更為建地？誰敢說那不是政商勾結下的產物。林肯大郡，殷鑑不遠，可曾看到政府拿出魄力解決。

還有更可怕的是山坡地上一個接一個的高爾夫球場被核准開發。目前的青山綠水只是表相，其實他們開發不僅只是球場，更重要的是興建所謂戒備森嚴的「超級豪華別墅」，上至元首下至政商名流趨之若鶩，爭先恐後進住，享有十足特權。平民百姓想看一眼，都不得其門而入。整個開發過程，政商如何勾結，如何將原本的水源保護區非法變更，我們不得而知。甚至有侵佔國土事件，也未見政府有關部門認真取締。

其實這些所謂的「豪宅」，對我們而言，猶如糞土。試想這些原本是青山綠水的土地，在大規模開發、植被完全受到破壞下，原有生態遭受嚴重浩劫。為了維持其所謂綠草如茵的表相，現在還在無休止地一幕幕上演「殺戮戰場」（使用殺蟲、除草劑）。我們要誠懇地敬告這些高官厚祿們，他們的所謂豪宅，其實只是蓋在「山明水秀」的「眾生墳場」之上而已。

我們這些境內移民，真正愛台灣的升斗小民，只是響應政府政策，根留台灣，合法購得土地，把房子輕輕地放在山林地上，對週邊環境更是愛之唯恐不及。而地方政府從未以關愛眼神照顧我們，反視我們為刁民，動輒取締告發。

諷刺的是政府各部門有心打造各鄉鎮的「故鄉營造」工程，而各鄉鎮的推動卻是阻力重重。

據說政府花了將近兩億元，才打造出新竹縣新埔鎮照門里的「富麗農村」社區。那只是集全國城鄉建設的菁英與居民長期不斷溝通、花了數年時間才興建而成的樣板。而本社區居民，在自發自主的共識下，不需政府任何經費補助，已有令人刮目相看的初步成果。

我們要向全國民眾告之，政府新頒佈的「農業發展條例」只是一個騙局，在「上有政策，下無對策」下，被騙上當的何止是善良的小老百姓。

台灣農村正一步步走向凋敝，為何不向日本、德國取經，積極輔導鼓勵境內移民，而非消極限制軍公教人員赴大陸、美國定居。

台灣何處不是好山好水，端看是誰進住。只要有心，三萬六千平方公里，無處不可打造成桃花源。我們只是提供經營的心得給大家參考。

最後仍要呼籲讀者，千萬別把我們社區當觀光景點來參觀，那表示你仍未讀懂本書。

施寄青

擁翠歲月

每個人都很好奇，像我這樣的公眾人物，怎會在退休後隱居山上，而且是遠離台北。

李敖便數落我說：「到鄉下去做什麼？台北才是舞台……」

這話很熟悉，十年前便聽過另一位女性民意代表說：「妳要金盆洗手？妳只要三個月不出現在媒體，大家就會忘了妳。」

我絕不會矯情說：「我才不在乎別人記不記得我。」雖然這是我的真心話。

我只是不斷問自己到底要什麼？

我只能負項列表，列出我不想要的；名、利、救世主都無法讓我快樂起來。

每次上電視加入政治口水戰，別人怎麼看我我不管，連我自己都不欣賞自己的角色，遑論其他？

我一定要下台，一定要解放自己。

一年兩百多場的演講、教書本業，寫作、上媒體，終日忙得喘不過氣來。但藉著演講機會全省走透透。

西安的姊姊要我退休後回老家去住，以我的退休金，在中國可以當大爺，閒來無事，有的是秦磚漢瓦讓我發思古之幽情。美國的妹妹要我退休後到美國養老，美國壯麗的自然景觀夠我寫出比柳宗元永州八記還要多上幾倍的遊記。

中國、美國去了不下十多次了，卻找不到我想落腳的地方。雖信美而非吾土兮，曾何足以稍留。

回過頭來看這個我生活了五十多年的海島，雖然我的河洛語不輪轉，客家語一句不會，遑論原住民話。放眼全球，對我而言，還有比它更熟悉的地方嗎？

何況我一生中最精華的歲月都投注在這塊土地上，如今是該我享受自己耕耘成果的時候了。

台北縣有三座核能電廠，並且東北季風太大，非宜人之居。宜蘭多雨，台東、花蓮多地震，桃園、新竹工業區太多，台中以南天氣太熱、水質不好，再加上九二一地震，餘悸猶在，最後跟李元簇前副總統做了鄰居，現在才明白他為何選苗栗卜居了。

當初只想做陶淵明，從未想過這可是個極其奢侈的夢，近六年來，心力交瘁，鄉下居大不易。

這年頭想過田園生活的人還不少，大家都太天真了，鄉下的土地仲介個個是舌燦蓮花，弄個歐美式的木屋別墅，建在峭壁上，外面加上寬敞的露台，坐在露台上，手中一杯咖啡或香茗，望著四面青山綠野，好不愜意。心想：白天看山看藍天，晚上星斗滿天，月出於東山之上，徘徊於斗牛之間，哇塞！幸福透了。

很多人便在美景當前的誘惑上，很衝動地買了，還委託仲介業者代辦建木屋別墅。

等屋子建好了，所有的問題都接踵而來。

首先是農發條例規定興建農舍土地面積不得少於零點二五公頃（七五六坪），而且是農牧用地。林業用地不能蓋。我們這些都市人哪懂土地地目有這麼多，什麼山坡保育地、農牧用地、林業用地等，只管地點好不好，風景美不美。

能不能蓋房子除了看地目，還要看坡度，三十度以上不能蓋，仲介業者往往偷偷將地剷平，來個先斬後奏，就看縣政府主管單位認不認這個帳，結果受害的是我們這些都市來的土包子。

買了地還不能先蓋，土地過戶與設籍都得滿兩年才能蓋，蓋之前還要申請簡易水土保持、農業使用證明等繁瑣的手續。

除台北市的行政效率好外，其他縣市，特別是鄉鎮公所的公務人員（我贊成廢掉鄉鎮公所）全是懶惰怕事，絕不好好為民服務，只會窮找當事人麻煩。我這樣說有一竿子打翻全船人之嫌。但有心為鄉里服務的人少，拿著雞毛當令箭的多。

由於鄉下地方大家都沾親帶故，因此這些公務人員不敢拿本地人開刀，專找外人開刀。鄉長無視於自己和他的鄉親濫墾濫建，不斷派人來告發我們這些外鄉人。

除了要應付難纏的官府外，若想蓋房子、種樹、做水土保持的駁坎以及各種水電工程，我們這些外來者全成冤大頭，甚少人沒被坑過。

保證給你種大樹，結果種的全是小苗，小苗也罷，還種死不少，花錢受氣的事不只一樁。有人請水電師父來施工，開價上萬元，讓人為之氣結。

鄉下人把我們當成肥羊宰，在我們還搞不清狀況時，狠狠削我們。日後還要跟他們當鄰居，有夠傷感情的。

更多人在搞不清狀況下，買了沒有聯外道路的地，為了出路，花更大筆錢買路。

鄉下很多地方沒有自來水，山區完全靠山泉。賣地的只管賣地，賣完拍屁股走路，沒有水源或進住居民太多導致水源不足，那是你家的事。

即便水源足，由於管線拉得很長，三不五時水管斷裂或堵塞，就得爬山涉水去查問題所在，白天還好，晚上發生問題，只好坐等天明想辦法。

山區還容易斷電，只要大風吹斷電線，就得摸黑過活。

至於長蟲（蛇）及各種昆蟲、蜈蚣等不速之客更是司空見慣，因此要步步為營，以免遭殃。

山居毛賊特多，如今不景氣，很多人週一到週五上班，週休二日才過來住，平日唱空城計的結果，什麼東西都給搬空，連舊的冷氣機、廁所擺的衛生紙也搬走。有些屋主只好在門外貼大字報，哀求小偷大人高抬貴手，因為已家徒四壁了。（這四個字不是形容詞。）

搞得大家什麼東西也不敢放，從外面看屋子美侖美奐，裡面是家徒四壁，如何能住得舒服？熱水器掛外面都會被偷，為了防小偷，生活的便利性全顧不了。

很多人問我是常住鄉下，還是偶來小住。

我是常住的人，若不是常住，早給小偷光顧不知多少次了。

住鄉下除了上述那些惱人的事外，你的鄰居是誰便很重要了。若遇到惡鄰，想賣地走人還不容易，因為鄉下的地易買難賣，不像都市的公寓，沒有賣不出去的房子，只有價錢高低。這條定律在鄉下是不管用的。

很多人都是一廂情願地憧憬山居生活，卻不知要付出多大的代價。

若有幸擺平上述問題，每日還有更多問題要面對。住鄉下便要種樹蒔花，但野草長得又快又多，真應了陶淵明的詩「晨興理荒穢，帶月荷鋤歸」。

拔不完的野草，澆不完的水。

別以為鄉下請工人容易，現代鄉下人根本不種田，全由機器代勞，他們嫌天熱、蚊蟲多，給多少工錢也不想做。

望著近四千坪的地（有三個永康公園那麼大）上三千株杜鵑中蔓生的野草，欲哭無淚。野草不除杜鵑活不了。

天不亮便起床工作，拔得我一佛出世二佛升天。拔完後還得澆水，由於戰線太長，澆得我兩手發軟。

有人問我為何不裝自動灑水器，問的人太天真。水源彌足珍貴，只能重點澆，自動灑水器太耗水，澆完後也許就沒水煮飯洗衣了。

一週前才拔的草，不久又生意盎然，真是野火燒不盡，春風吹又生。

勞動一整天，腰痠背痛，兩手十指無一不痠痛。身上被芒草割得傷痕累累，被螞蟻、黑金剛（小黑蚊子）、蜜蜂咬更是家常便飯，家中得備置各種皮膚藥膏。

訴了半天苦，難道鄉居沒有半點樂趣嗎？

其實鄉居十分寂寞，沒有幾分定力是住不下去的。最近的鄰居都在五百公尺外，雞犬相聞，卻看不到對方，甚至是老死不相往來。有些人不敢獨居，便十幾戶組成一個社區，每家佔地約千坪。

我不喜歡與人住得太近，若要與人挨家挨戶，又何必住鄉下呢？

但很少人像我這樣離群索居。

忙完農事，獨自坐在陽台上，看著夕陽西下，想起「宿鳥歸飛疾」、「山氣日夕佳，飛鳥相與還」的詩句，果真是「此中有眞意，欲辯已忘言」。

晚上在燈下閱讀宗教書籍。我是典型的中國知識份子，年輕時是儒家，知其不可為而為之，中歲頗好道，晚家南山陲。中年以後對老莊有興趣，晚年探究佛經及其他宗教經典。

如果不是碰見好鄰居，我大約會做逃兵，逃回紅塵中，因為鄉居大不易。

我的好鄰居是陳氏夫婦，先生曾是職業軍人，一腔熱血報國，誰知軍隊中會升官的多是逢迎拍馬之輩，他生性耿介，如何不被打壓。眼見將官升不成，又是別人眼中釘，背上芒刺，不走人還待何時？便退伍了。

退伍後，由於性本愛丘壑，跟太太約定到鄉下住，誰知還未找到落腳處便得白血症。抗癌抗了十年，化療十二次，換上別人早魂歸離恨天，他求生意志特強，做骨髓移植後便摒擋一切到鄉下來。

夫婦兩人吃了不少虧才摸索出如何住下來。我們認識後，他們伸出援手，幫我解決不少鄉居問題。陳先生也教我認識各種植物，帶著工人幫我種樹，到中港溪檢石頭堆砌成花圃，以免土石流失，水管破裂還幫我檢修。

陳太太幫我解決交通問題，三不五時載我到市區買菜和日用品，送我到火車站搭車上台北。從台北回來，到車站接我。

有一次，他們來接我，剛好我膝蓋扭傷，十分疼痛，看到他們像見到親人一樣感動。

我一生從未遇過可「靠」之人，全是別人「靠」我，如今老了，沒那個精力再讓人「靠」，沒興趣當救世主，但也不想靠別人，給人添麻煩，問題是我即便想靠人，大約也找不到可「靠」之人。

不意晚年碰見如此好的鄰居，真是「遠親不如近鄰」。他們不只是我的近鄰，更像我的親人。

陳先生在癌症病房便下定決心，若他有幸活下來，一定要多種植物。他把自家的地經營成一個生機花園，他教附近鄰居如何復育台灣原生樹木，恢復原有生態。鄰居們佩服他豐富的植栽知識，給他取了個「陳博」的外號。

我在他們夫婦教導下，開啟了不同的人生。

陳太太說她看花開還不怎麼感動，看到枯木冒新芽才感動，我跟她有同感。

閒來沒事，我們三人便漫山遍野地跑，參觀各種苗圃，思量著還要種什麼？如今我對苗圃的興趣遠大過逛街購物。

我們參觀別人的花園後發現，我們地上種的東西比大多數人的園地精采，這都是陳氏夫婦的功勞。

台灣油杉瀕於絕種，陳先生在我地上復育二十多株，我知道當它們成為大樹時，我或許已不在人間，但這有什麼關係？只要它們能得其所哉。

我的身體因終日勞動而健康起來，但最重要是我的心靈，不斷地在洗滌中。

我沒有電視，不看報紙，不想為世事煩心。眼看許多人在這幾年中起高樓、樓坍了，更加覺得下鄉的決定是對的。

很多人問我鄉居生活好嗎？我很難回答，我不勸人效法我，除非你跟我有一樣的福分，能認識像陳氏夫婦這樣十項全能的人，而且大家臭味相投，否則鄉居的樂趣還沒體驗到，反成了自找罪受。

想看青山綠水何必大費周章買鄉下的地建屋，橫豎也不能天天與青山綠水為伍，倒不如閒來沒事，找個山明水秀的地方住上一、兩天，洗滌凡塵，休養生息，再回紅塵去奮鬥，這才是比較務實的做法。

沒有好鄰居，鄉居的寂寞是難以排遣的。

這是我鄉居六年的深刻感受。兒子諷刺我說這篇文章標題應改為〈擁煩歲月〉，因為鄉居是自找麻煩。

山中與王維書

摩詰：

十四歲那年讀到你的「**山中與裴迪秀才書**」——

近臘月下，景氣和暢，故山殊可過。足下方溫經，猥不敢相煩，輒便往山中，憩感配寺，與山僧飯訖而去。

北涉玄灞，清月映郭。夜登華子崗，輞水淪漣，與月上下；寒山遠火，明滅林外；深巷寒犬，吠聲如豹；村墟夜舂，復與疏鐘相間。此時獨坐，童僕靜默，多思曩昔，攜手賦詩，步仄徑，臨清流也。

當待春中，草木蔓發，春山可望，輕鯈出水，白鷗矯翼，露濕青皋，麥隴朝雊，斯之不遠，倘能從我游乎？非子天機清妙者，豈能以此不急之務相邀，然是中有深趣矣。無忽，因馱黃蘗人往，不一。

山中人王維白。

自此便為此文蠱惑，成了此生最嚮往的意境。

一九八八年首次回到身份證上的籍貫——西安，遠眺終南山，終究沒上去過。一則來去匆匆，二則不想破壞我對此山意境的想像，因為你文中的氛圍是無法複製的。

你因安史之亂而葬送了大好的宦途，不得不選擇終南山，過著半官半隱的生活。

現實中你有著萬般的無奈，心靈上卻得到前所未有的解脫，更成就你文學生命的顛峰。

從婦運的戰場與職場上退下來，四顧蒼茫，昔日走街頭的戰友，在政黨輪替後，成了當朝新貴。我不想將殘年葬送在無謂的政治口水中，我更不信「人在江湖，身不由己」的託辭。

現實中，我亦不似你有身為封建社會知識份子身不由己的無奈。我可以重新為自己的人生定調。於是我在距終南山千里外的海島上的山區，找到我的夢土，開始築我的桃源夢。

當然，影響我做此選擇的不只是你，更有五柳先生。

自古以來，嚮往他歸隱田園的大有人在，但付諸實際行動的寥寥無幾，終究能掙脫名韁利鎖的不多啊！

做為現代人，要圓桃源夢，與古人相比，容易得多，但也更不易。

容易的是硬體，鋼筋水泥的房子不怕刮風下雨，水電一應俱全，就醫就學十分方便，各種電器用品及工具，做起農事來得心應手。

何況務農是為健身、消遣，不必「戴月荷鋤歸」不必「晨興理荒穢」，因為無關生計。

「風吹雨打」的日子更美，手握香茗，望著「山色空濛雨亦奇」，不必擔心雨打梨花、李花後，落英繽紛，收成無望。種果樹是為了給鳥兒、蟲兒當點心，從來不是為裹腹。

自種的蔬果收成不佳，鎮上的超市、黃昏市場、早市，有得你逛。

真是寂寞得發荒，驅車北上，不到兩小時便再入紅塵。

所以山居是愜意的、是悠哉的，一年四季是花季。風鈴開完有山櫻，山櫻落了有馬告，馬告花開時，遠望有如一樹梨花壓海棠，你定沒看過它，它是這兒的原住民。生在野溪旁的山芙蓉，自會出落有緻，又何必怨東風。滿山的油桐花，更是形成一片「香雪海」。日日有花開，姹紫嫣紅，讓人目不暇給。連大頭茶花也頗可觀，因數大便是美。

別人以為我退休後會無所事事，豈知我是從早忙到晚，忙著與鄰居話桑麻，忙著拔除三千棵杜鵑中的野草。好在淡淡的三月天，有滿坡的杜鵑花，以饗我對門的鄰居。

在這兒，造景是為讓鄰居「好看」，因為不識杜鵑花開之壯觀，只緣身在自家院。鄰居也報我以成排的山櫻花、綠滿枝椏的大茄冬樹。

山月果如李白形容的是隨人歸的。夜涼如水，星羅棋佈不是秋天特有的景色，只要晴天，夜夜是觀星斗的好日子。「詩家清景不必在新春」，「萬紫千紅未必總是春」。

在四季如春的島上，不必待春中草木蔓發，日日是走車看花的好日子。（我們這時代是不興騎馬的。）

「巴山夜雨漲秋池，何當共剪西窗燭，卻話巴山夜雨時」的意境隨時可得。

坐在露台上觀夜雨，重重雨幕，人家燈火在林間明滅，野溪因雨而漲，潺潺流著，若有所感，一通電話便可與老友敘舊。

獨坐更佳，回首前塵往事，多少豐功偉業，抵不得眼前此景，平生恨事亦得到十足的平復。

雞犬相聞，不必老死不相往來，有那投緣的，自可時相往還，不投緣的，擦肩而過，頷首示意，亦不算失禮。

在這兒，家家景不同，端賴屋舍座落的高低。自家景已是賞不盡，還有別家景可供流連，怎是一個「忙」字了得，忙著貪看美景。

你的「晚年惟好靜，萬事不關心，自顧無長策，空知返舊林，松風吹解帶，山月照彈琴；君問窮通理，漁歌入浦深。」（酬張少府）正是我此刻心境的寫照。

我若「萬事關心」，必定要辜負這良辰美景。管他國事、天下事，本人心中只有家事，家事是我那一對寶貝狗兒女，我的滿坡杜鵑、滿院桂花，還有周於舍下的那一泓野溪。

我不似你多才多藝，不會彈琴復長嘯，但這也不打緊，兒子送我一台音響，從貝多芬到鄧麗君，雅音俗樂任我聽，但我還是覺得林間各色鳥叫、人家池塘中的蛙鳴、鄰家荒雞的啼聲、草叢間的蟲鳴，更對我的胃口。

你有天機清妙的好友裴迪，我也有幸碰到志同道合的陳家夫婦。

山居是如此空靈清淨，但少有人能定下心來久居。

若憂心忡忡誰執政、誰上台，每日按時向各種政治口水秀報到的人是無法山居的。

立志要在幾歲前賺滿多少錢、熟悉各種理財的人也不適合山居，因為在這裡，五千、一萬台幣足夠過活矣，何需花這麼大心力去理財。

若非豪宅不住，無寶馬香車不坐，更不適合山居，因為在這兒，鐵皮屋便可住得人舒服透頂。

若以救世主、摩西自居，深恐天下無你便會停擺，萬萬不可鄉居，連下鄉休憩幾日的念頭也不可有，因為在此會渾身不對勁，只恐朝中無你會天下大亂。

若雅愛藝文活動，維也納愛樂來不聽會遺憾，不跑劇場會若有所失，絕不能定居鄉下，只能參加一些佛寺提供的打禪七活動，偶而下鄉住民宿，充完電後，再入萬丈紅塵，因為鄉下只有合野老聽的鳥叫蟲鳴。

若上有高堂，下有嗷嗷待哺的子女，後顧之憂甚多的人，自是無條件鄉居。

若迷信明星學校才能提供子女最好教育的人，也不適合鄉居。雖然這年頭想考不取大學還不容易。

若恐家中不識妳這天下第一賢媳，你這天下第一孝子的人，也不適合鄉居，因為有一大家子的人要照顧。婚喪喜慶的場合從不缺席的人，千萬別來鄉居。這兒沒人肯定你，你會活得不知是誰。

個性五湖四海，喜做孟嘗之人，鄉居是一種折磨。這兒沒有杯觥交錯的場合，沒有舞台歌榭可流連，天黑得早，一燈如豆，形單影隻，這份淒清哪能適應？

你還有童僕侍候，我可是孤家寡人。

若不常祈仙佞佛，不朝山門、教堂便擔心死後會到地獄報到的人，若不聆聽上師、上人、大師、活佛教誨便惶惶不可終日者，亦不適合隱居山林，因為這兒找不到救贖，更找不到靈魂安歇之地。這兒只能與畜生道的蛇虺蟲蚊為伍，牠們可是比餓鬼道還不如的族類。

即便身罹重症，與死神拔河，若心中仍有掛礙，鄉居亦不能使你起死回生，到時仍得向閻王報到。除非你真能放下一切，真正溶入自然中。

為情所困的，鄉居不能撫慰你受創的心，一如感情受挫，便以出家做為逃避的人，到頭來亦是徒然。

平日腹中若無一些唐詩宋詞打底的人，山居樂趣要少一半。誠如住花蓮的朋友的體悟，他問我道：「你不覺得我們當年讀中文系讀對了嗎？面對好山好水，還得有好詩好詞來配。」

他說對了，套用杜小山的「尋常一樣窗前月，才有梅花便不同。」

尋常一樣山中景，才有摩詰便不同。

少了你和其他大家的詩文，這兒不過是尋常的粗山野水罷了，看久了還會生厭呢。

山居除了忙著尋幽訪勝外，便是浸淫書中，原先還有參透天機的雄心，不久便啞然失笑。好個不自量力的傢伙，古往今來有多少大哲學家、大科學家、大教主們，哪個不是野心勃勃地想解宇宙奧祕或宣稱已解宇宙奧祕。

他們的著作汗牛充棟，有如七寶樓台，令人眩目，議論風發，擲地有聲者比比皆是，哪有我置喙之餘地？不如拾人牙慧，閒來沒事翻翻，亦可樂在其中。

人事的窮通禍福，宇宙的奧祕，非我這凡夫俗女可參破的，何不讓那些超級天才如史帝芬・霍金（《時間簡史》作者，當代最偉大的物理學家）者流去傷腦筋吧！

我還是效法你聽聽深浦處的蛙鳴吧！

（因為此處沒有漁歌。）

走筆至此，我不禁要深深感謝你，若非你給裴迪的信始終蠱惑著我，今日的我便無法體會露濕青皋，步仄徑，臨清流的樂趣。

沒有比蔓發的草木更令我悸動的，更能慰我老懷的。

施寄青白

山上人家

素性不喜應酬交際，私下的我與在公開場合語不驚人死不休、愛作怪的我截然不同。因此到過我山居的朋友甚少。

他們造訪之後，都很訝異山居環境之優美，有人看了掩映在樹林中、高低錯落有緻的木屋別墅，不禁讚嘆說此處可以媲美日本的輕井澤、法國的普羅旺斯。由於我不曾到過這兩處，無法分辨朋友的誇讚是溢美之辭，還是真有所感。

不過秋冬之季，眺望陽台對面的山，綠林中有樹葉落光、只剩樹幹及枯枝的樹，還有黃了葉子的無患子樹，紅了葉子的楓香，

陪襯的是深綠、淡綠、嫩綠，陽光斜照在山上，泛著淡淡的金光，薄霧在林間穿梭，神似月曆上美國蒙大拿州的山景，讓人難以置信，這兒竟是苗栗山區。

然而，山景美則美矣，討山生活又是另一回事。因此，朋友雖羨慕我的山居生活，但會起心動念住到山上的人絕無僅有。

這時，我反而好奇我的鄰居們是如何決定下鄉的。

山居的鄰居分三大類：

一是原住戶，其中有些人從事土地仲介，或賣自家的地，或標購法拍地，加以整理後再出售。

二是假日才來山上休憩，讓子女有機會親近大自然的，這樣的鄰居佔大多數。

也因為他們假日才來，與完全定居在山上的人家感受有很大的差距。山上狀況不好，他們便不上山，直到狀況解除才來。所以他們沒嘗過道路不通、沒水、沒電的日子。

三是定居在山上的人家，大約佔全部住戶的五分之一，對山居生活的酸甜苦辣有深刻的體會。

在一個天晴氣爽的七月初早上，邀集常住山上的幾戶人家的女主人，大家一起閒聊山居總總。

我才發現她們都很傳統，下鄉都是為了配合先生子女。先生生病、身體不好、工作壓力太大，或是為了子女，希望給孩子一個單純的環境。

很多人以為只要接近大自然，身體自然會好。這就像一些人錯誤的想法，以為英文不好，只要到美國，不消多久，英語即可琅琅上口。殊不知，在美國，英語一句不會也可以過生活，若不下功夫讀英文，即便住上十年、八年，英語仍進步有限。

同理，到了山上，若不肯親自下地種植，經常勞動，改變飲食習慣，改變思想、價值觀，身體的病痛依舊，最後還是掛進醫院或告別人世。

有憂鬱症的因山居不易，又不肯勞動，結果是病情加重，因為每天有更多令人發愁的事。

夫妻感情不好，婆家、娘家時常來干擾，以為下鄉後，環境單純，可以關起門來好好過日子。

誰知鄉居不易，夫妻若平日不能同心協力，下鄉後，日子更艱難。家中不能有閒人，所有的人力都得用上，只要有一方好吃懶做或是動彈不了，另一方自是怨氣沖天，怎會改善關係？

儘管她們都因家庭緣故上山，每個人都被山居生活訓練成十項全能：打草、施肥、種植、剪枝等粗重的農事，每個人都自己來。山居生活十分寂寞無聊，每個人都成了閱讀者，即便有人以前沒有閱讀習慣。

山居是訓練人獨立的好地方。

盛太太是小鎮郵局的局長，因先生受文建會委託畫中港溪，在畫作完成後，兩人決定入住山區。

由於她是最早入住的，不禁回憶起古早種種。十年前的小鎮，假日街上看不到半個人，如今卻成了苗栗最富盛名的景點，一百多家的咖啡、簡餐、民宿店紛紛開張，整個小鎮一到週末，人滿為患，垃圾遍地。

她不敢想像再過十年會是什麼光景。由於她是基督徒，她認為入住山上，是上帝給自己一探大自然奧妙的機會。

每天開車上班，沿路皆是平房、稻田，隨著季節變化，稻田從綠油油一片到金黃稻浪翻風，再到只剩短短一截稻梗，最後是翻土、灌水、秧苗迎風招展。舊曆年前，稻田成了油菜花田，一片艷黃，不少遊人在驚喜之餘，跳入油菜花中拍照。

儘管整個種田的過程已全部由機器代辦，仍有懷舊的老阿伯，養了一頭水牛，水牛在收割完了後的稻田中慢步，白鷺鷥三、兩隻停在牛背上，黑白相映，十分顯眼，讓人想起童年的台灣鄉村光景。

她只希望這樣的光景能持久些，自小住頭份、竹南，早年這兩個地方也是鄉下，不是都會，如今這兩處也成熱鬧的市鎮，不再是她記憶中的鄉下。如今老了，退居山上，又能回歸自然，亦是一種幸福。

但是山居亦碰上許多不愉快的事，買地的過程中也被騙過。原本因同情路邊擺攤的老婆婆而向她買東西，不料對方卻獅子大開口。當她質疑為何東西比市場賣的還貴，旁邊擺攤的中年婦女態度惡劣地指責她道：「她那麼大年紀，賣貴些又如何？」

頓時感到自己是個很不上道的外來客，連這個規矩都不懂，但人可以因年老便任意敲顧客的竹槓嗎？

大家聽了她的故事都是心有戚戚。都市人對鄉下人有刻板印象，總以為鄉下人純樸、忠厚。正好相反，鄉下就業機會不多，教育程度普遍不高，人口少，消費能力不高，物價反比城市貴，鄉人愛貪小便宜，做生意的態度是三年不開張，開張吃三年，專敲城市來的人竹槓。

路邊賣的水梨、火龍果等在地的土產，價格比在超市賣的還貴。我們雖住鄉下，但甚少在小鎮購物，仍是開車到新竹的大超市買日用品及食物。

盛太太也說，家中只剩夫妻倆，大眼瞪小眼，有衝突，先生便去作畫，自己看書，頓時空氣僵住，這時身體最接近，心靈卻最遠。

這種感覺，大家都有。住在山上，遠離人群，沒有電視、廣播、沒有親戚走動，沒有任何外力介入，夫妻成了真正的相依為命，若有爭執，也成了短兵相接。山居成了考驗夫妻關係最佳的工具。

原怕先生退休後，兩人無事幹會僵在屋子裡，於是盧太太打算學烹飪、國畫，先生卻一再對朋友說退休後要下鄉。

怕先生只是一時興起，買地後，先在附近租房子，夫妻兩人一同整地，誰知先生有退化性關節炎，下鄉後，適應力差，不能作農事。她這才發現大自然並不能改變人的性格。

先生繼續耽溺在他的電腦網路上，她做完農事還要料理三餐，每天累的半死，怎不怨聲載道。跟他們一起下鄉的婆婆，因無電視、廣播，生活百般無聊，老了要倚靠子女過活，不識字，精神上無以排遣。這是老女人最大的悲哀，也是自己的殷鑑。

儘管鄉居有諸多煩心的事，但也讓她發揮最大的潛能，學習自立。她本以自己沒子女而感到遺憾，但看到婆婆的下場，有子女又如何？若真要靠子女過活，有夠悲哀的。山居生活給她最大的教訓是她一定要學習自立。

在署立醫院做了十年的社工，看盡了生、老、病、死，只感到人生無常，想把握也無從把握，倒不如過自己想過的日子。

Aurora是我們這些女人中最年輕的，是五年級中段班。她原可以做一輩子的公務員，但思考再三，還是選擇離開，因為這不是自己要過的生活，工作無法兼顧孩子。更何況每日處理的是別人的精神垃圾和情緒問題，被輔導者往往進兩步、退三步，她自己的人生問題尚未解決，有何餘力解決別人的問題。

不過她認為人生冥冥中自有安排，買地完全是個意外，只因來看油桐花，滿樹的白花，滿地的落英，面對層巒疊翠，只覺眼前景色美得讓人屏息，不假思索便買了。

辭去工作自會有惶恐，但朝九晚五的日子令人窒息。

所幸夫妻情深，先生待自己好，自然心甘情願孝順公婆，若先生不體貼，很難對公婆好。很多女人沒弄清這個因果，先生待妻子不好，卻要妻子孝順自己的父母，一旦妻子做不到，便指責妻子不孝，妻子只有怨懟，卻看不清這不是自己的責任。她語重心長地點明婆媳關係不佳的盧太太。

Aurora一家決定自力造屋，大功告成後，又決定在假日開咖啡屋。她笑稱她做的是寡眾生意。她的「波特尼山岸」與劉順光的「相遇森林屋」是這山區及鄰近地區風景最佳的地方，但因不在熱門景點線上，上門來的都是有心人。

天候不佳時，更是門前冷落車馬稀。她是不可能靠咖啡屋賺錢的，連打平都不可能。

但她選擇自己要的生活，孩子在大自然中嬉戲，夫妻兩人同心協力打造家園，有太多不可言喻的幸福感，不是事業成就或金錢能衡量的。

山中的鄰居，不管是定居的，或是假日才來休憩的，或是買了地還沒建屋的，都愛到她的店裡坐坐。

當初他們夫妻因貪戀美景而買下這塊地，如今有更多的人因到她的咖啡屋而衝動買地，她的咖啡屋成了仲介的活廣告。

原來世間有這麼多與她一樣樂山的人。再過一、兩年，她的鄰居們的屋舍一一起造，她大約只做自家人的生意便做不完了，誰教她是屋雅、境雅，人更雅，一如她的名字。

我即便住在山區，閒來沒事，仍約陳家夫婦上她的咖啡屋坐坐，享受她精心的烹調。在山霧繚繞中，坐在溫馨的屋內，啜著香濃的咖啡，有份難以言喻的幸福。

我的年紀足以做Aurora的母親，但她比我睿智，她比我早懂得把握幸福。

楊太太很早便嚮往山林，農發條例未出來前便到處看地。先生開公司，工作壓力大，自己上班十多年，突然不上班，在家帶小孩，生活壓迫感很大。

有了山居的房子，即便只有週休二日來住，仍能減少許多壓力。由於對家人付出太多，身體出狀況，如今住了兩年，漸漸恢復自己的本我，活得比以前快樂。自己活得快樂，孩子、先生也較快樂，自己的空間變大，家人的生活空間也變大。

他們夫妻下鄉，孩子沒興趣，不跟來。本來擔心孩子變壞，結果孩子更獨立。

下鄉後，看書的時間多了，也有心情邀約一些好朋友來談天說地。朋友們只願享受現成美景，卻不願自己辛苦打造鄉居。

但她自己的體會是有耕耘才有收穫，園中一草、一花、一木都是心血，過客與歸人的體會是不一樣的，山居讓她回歸自然，找到真我。

公婆怪他們不懂理財，把錢花在山居上，這筆錢若在新竹市買公寓，即便不住，也可租人收房租，更何況新竹的房地產在增值中。

來訪的朋友不願過夜，日頭一斜便急著趕回城裡。她知道他們不會喜歡真正的自然，下鄉只因城裡無事幹，變點花樣玩法，不意鄉下如此無聊。

她喜歡鄉居的鄰居，當初買地時，大家只見過一、兩次而便一見如故，原來是因為大家都喜歡自然，沒那麼多心機與世故。

這與都市住公寓大不同，在這兒，鄰人像親人，時相往還，隨時可以登堂入室，沒那麼多隔閡與講究。

朋友說有這麼多錢可以週遊世界，到處遊玩，何必買地建屋，還要辛苦維持。

但到處跑，趕集似地，累得人困馬乏。鄉居有旅行不及的樂趣。

跟先生獨處，沒話說也無所謂，反而落得兩人都清靜。來此後不放音樂，有朋友來，嫌太清淨而放音樂，她聽了十分刺耳。

在山居，竟然有人唱卡啦OK，破壞寧靜，真是豬八戒吃神仙果，也不知他們來山區是做什麼。真無法忍受山區的寧靜，又何必附庸風雅下鄉呢？

王老先生有塊地呀！依呀依呀唷！他在田邊養小雞呀！依呀依呀唷！……

林太太只想老了有塊地種種菜。

她在無聊之際看到報上廣告，兩百坪送木屋一幢（一百九十八萬元），於是沿著台三線過來。

一看一片竹林，二話不說便買了。買了後，忐忑不安，唯恐被騙。

買後每週來看地，卻不敢跟家人講，因為娘家是種田的，他們會罵她頭殼壞去，難道以前種田的苦還吃不夠嗎？

買地建屋後，只好樽節開銷，所幸自己是種田出身，可以指導先生。

先生是都市人，以前住台北，經常與親人相聚，吃吃喝喝，如今下鄉，跟親人便疏遠了。

好在婆婆對他們買地很諒解。孩子一開始並沒有多喜歡鄉下，如今愈來愈喜歡。夫妻兩人一到假日便到山居，換上工作服立刻下地砍掉竹林，讓其他樹木冒出來，因為竹根淺，抓地力不強。如今小樹逐漸茁壯，自己耕耘的感受就是不一樣。

只希望孩子長大，退休後，好好玩玩地。

陳太太的先生喜歡地，孩子大了，工廠交給兒子媳婦，便跟先生下鄉來。

先生腳不良於行，買地後，每天帶便當到山上吃飯喝茶，欣賞風景，接著找人蓋房子。本來只打算渡假用，因為醫生要先生退休安養。而兒子媳婦接班後，工廠業務蒸蒸日上，所以便放心地搬到鄉下。

如今不想回台北，在台北，夏天冷氣從早開到晚，公寓有如鳥籠一樣，令人窒息。

在鄉下，白天再熱，晚上也是夜涼如水。人老了，風濕關節炎百病叢生，難以再忍受冷氣。

至於我呢？何嘗不是因老病而逃離紅塵。要退休的前一年，打開窗子，讓都市難得的涼風吹進來，結果穿著短袖的膀子，從肩膀一路痛到手指，連涼風都吹不得，又如何能待在終日吹冷氣的屋子？

印度覺者奧修說：「那些逃離到喜瑪拉雅山，意圖清淨，想顯示自己可以單獨生活，不需依靠這世界的人，往往是在紅塵中太投入的，這不過是從一個極端到另一個極端。」

如果沒有一個世界可以讓你離開，你怎麼會成為單獨的？如果沒有紅塵中的一切——妻、財、子、祿，你怎能拋棄一切？成為單獨的？

同理，縱慾的人才會成為嚴苛的禁欲者，貪吃的人才會斷食，人們總是走極端，永遠學不會中庸之道。

哈！這不正是我的寫照！從紅塵一下子跳入山居，原來我自始至終都是個找不到平衡點的俗物。

奧修又說：「禁慾和斷食，不但達不到目的，反而更強化心中的慾念，因此出家人往往比俗世人更貪婪。他們以建大廟，辦大法會，讓信徒前呼後擁來滿足他們無法滿足的人之大慾。」

無怪乎不少人預言我會再度「出山」，半僧居士直言不諱說我是不甘寂寞而靜極思動。更多人恭維我說我有菩薩心腸，自會出山普渡眾生。我起先聽了還樂陶陶，後來發現台語的「出山」是「出殯」的意思，不禁可笑起自己，真真是個可憐的俗物，一如紅樓夢中在櫳翠庵出家的妙玉。果真是「**欲潔何曾潔？云空未必空。可憐金玉質，終陷泥淖中。**」妙玉還是金玉質，我不過是木石質罷了！

唯有半僧說了實話，當下是老臉掛不住，日後才反省到這人可以做諍友。

相較之下，這些為家人而上山的鄰居們都是可愛之人，她們沒唱半點高調，只有卑微的願望，配偶病了、怕孩子學壞、讓孩子親近大自然，或與孩子、配偶多些時間相聚。

然造化作弄人，往往這點卑微的願望也得不到上天的垂憐。

因太太癌症末期，李先生放棄一切，連賺錢的事業都交給兄弟經營，為太太蓋了美崙美奐的別墅，不到一年，太太仍然魂歸離恨天。

為太太的病上山的男人不少，在這個社區中，出人意料的是夫妻情深、親子關係好的家庭佔多數。終日吵鬧不休的不過兩、三戶。

風水師一定會說這兒的風水主家庭美滿，也許吧！但別忘了「仁者樂山」，會選山居的人大多是心性單純的，無怪乎，他們即使在買地造屋過程中被騙，遭遇種種不愉快，但只要一家和樂，能與青山綠水為伴，夫復何求？

惡水扁山居

買地後，遇上了兩次大颱風——桃芝與納莉。颱風過後，立刻來探看，除了道路旁有幾處小坍方，掉滿路的樹枝外，整個山區安然無恙。當地人告訴我可以放大心，我們這兒是福地，再大的風雨也不會造成巨大的損害，頂多幾塊落石及土方。

是嗎？我半信半疑，但眼前平和的景象，又不由得我不信。

車子開到高處，發現有幾處路基被淘空，只是淘空的情形不嚴重，而且不是我們家經過的路線。

當地人自誇這兒一直是風調雨順的好地方，既不缺水也不淹水。

住在山區，沒有自來水，引山泉水，又回到看天吃飯的時代，不下雨怕缺水，雨下太大，管線易被落石土方壓壞外，雨水沖下來力道太強，管線接頭的地方也容易爆裂。

經常用水用一半斷水，斷水、找水、清除水管的污泥、落葉等雜物，成了大家永遠的噩夢。更糟的是萬一找不到漏水處，絕對會讓人發狂。

屋子起造期間，建商便數度因斷水而無以為繼，所幸陳博伸出援手，從他家運水下來。

入住這兒不到兩年，當地人的自誇不攻自破。二〇〇三年自九月份至十二月份，除了三場小雨，雨水還未落地便乾了，四個月沒下雨。

唯恐食用水不夠，不敢澆樹澆花，眼看連坡上最耐旱的雪茄花都一一枯萎。

道路旁山壁上的蕨類植物從綠油油轉為枯黃，最後成了褐色，全枯死了。

山區茂林中的筆筒樹因缺水而一一枯萎，這是侏儸紀時代的植物，在台灣，由於隨處可見，大家不甚珍惜，換上西方國家，早把它們當寶貝，種植在溫室中。看著它們枯萎，十分心疼。

乾旱唯一的好處是野草因缺水而枯萎，我不必再跟它們角力，落得清閒。

每天早晨起床，只見霞光萬道，天空一片艷藍，可以比美希臘的天空。山巒中不見半點煙嵐，連帶晚上的露水也少了。

空氣十分乾燥，幾株紅檜不耐旱而枯萎，心中著急，卻是束手無策。

一天，看著垂頭的杜鵑，十分不忍心，拿起水管澆水，誰知鄰居站在山坡上高喊：「施老師！不能澆花唷！食用水會不夠。」

我連忙關上水管道歉道：「對不起！我不澆了。」像是小偷當場被逮個正著，很不好意思地躲回屋內。

我問當地人是怎麼回事，他們也嘖嘖稱奇說：「這兒一向雨量充沛，從沒遇過如此旱的時候。」

他們從未遇過，偏被我們這些外來移民遇上了。

是他們的記憶有誤，還是我們倒霉？

看著白花花的陽光灑在院中，想到古人祈雨的各種儀式，若祈雨真有效，我都想祈祈看，我當然知道人類各種敬拜神明的儀式不過是心理安慰而已。果真祈雨有效，也不過是瞎貓逮著死老鼠。

一些法師自誇能呼風喚雨，真是吹牛不打草稿，竟然還有人相信。要換上古代修理「河伯娶妻」的西門豹活在今天，一定會讓那些法師上場表演，如果祈雨不成，便送他們與龍老大去做伙。

台灣各處的水庫都快見底了，不少田也休耕了，官員、民代們只會吵吵鬧鬧，拿不出半點辦法來。

我擔心的是如此乾旱，只怕來年要遭水災了。

我並不懂氣象學，但我知道大自然自有其平衡之道，大旱之後一定大澇。

有幾次路過山居附近的鄉鎮，正值下雨，雨勢還算大，心想：山居所在的山區與小鎮毗鄰，我們那兒總該雨露均霑吧！

誰知一進山區，半點雨絲也無，天空澄晴，地上不見一點濕跡，燃起的希望又被澆熄。

眼看著植栽枯萎不是辦法，在陳博的建議下，找水電師傅來，裝水塔，以馬達將野溪的水汲上來，這才解乾旱之苦。野溪的水只能澆植物，無法飲用，但我已很滿意了。

由於庭院遼闊，整個院子上上下下、裡裡外外，全部澆一遍，約需四小時半，於是分上、下午工作，一次也要澆上兩個多小時。

更因豔陽高照，平均兩天便要澆一次，有些植物更必須每天澆。

以前是拔野草拔得我一佛出世、二佛昇天，如今是澆水澆得兩手發麻、兩腿發軟。

所幸有野溪的水救急，院子奄奄一息的植物又有了生機。但道路兩旁的植物，只能任其枯榮了。

時序進入二〇〇四年春天，這才解除旱象，整個春季雨水充沛，山區裡的男人們忙碌起來，在陳博帶領下，種植各種花木，拔除枯死的，換上新的植栽。

食用水的危機也解除了。由於可以汲取野溪的水，對乾旱也沒有那麼焦慮，我心中做最壞的打算，萬一食用水沒了，就買礦泉水來應急。

旱災只是山居面臨的第一個教訓。

二〇〇四年的夏天果不其然碰上水災。從敏督利到艾利，沒有一次不被水扁。

山區的原住民知道水扁的厲害，他們早已逃之夭夭，搬回市鎮去。只有我們這幾戶新移民，傻傻地守在山居。平日潺潺流的野溪，立時成了暴漲的大河。路旁山坡上的土石，大塊大塊地被雨水沖涮下來，不僅阻斷了道路，更順山勢滑入我家院子。

除了大塊大塊坍方外，坡上的大樹也連根拔起，與土石一起沖下來，橫亙在道路，拉斷電線，拉倒電線桿。

野溪及山澗中沖下來的大水漫到道路上，道路成了另一條大河，水深到大腿，快漫過袴下。

我跟兒子手牽手，以免被泥水沖走，連走帶爬地走到陳家，看他們是否安然無恙。他們的庭園跟我們家一樣，因排水與駁坎做得好，毫髮未傷，但無法出去，因連外道路有好幾處被土石阻斷。

我們再走到山下，看道路毀損情況。萬一情況嚴重，無法在一、兩天修復，兒子如何去上班？

一路上情況還好，只在兩處轉角有嚴重的坍方，其中一處路基也淘空不少，這下可是災情慘重，人都走不出去，何況車子？

所幸幾戶在地人都有怪手，他們向鄉公所報備後便用怪手將路上土石挖開，並將土方運到凹處回填，兩個工作天便搞定了，至少上班沒問題。

但因路樹拉斷電線，拉倒電桿，山居無電亦無電話，加上無基地台，大哥大亦不通，只好用緊急照明燈加上蠟燭。颱風過後第一天，天氣還涼爽，沒電還可以過，第二天出大太陽，天氣炎熱，沒電扇，揮汗如雨，晚上十分悶熱，睡不著。

冰箱連續三天停電，食物全壞了，只好煮給狗吃，所幸有自家種的青菜以及罐頭食物可以救急。

通往陳家的路因樹根太大，花好長時間才鋸斷，把大樹清走後，才能清土石，土石清走，電信局、電力公司的工程車才能開進

來修理。

終於恢復供電了，電話也通了，親友們關切的電話紛紛湧到。兒子發牢騷說，早知道不搬到鄉下，真是白找苦吃。

我不以為然道，住都市一樣倒霉，看看桃園、竹東地區，半個多月沒水，比我們鄉居還慘。

整個山區，除我們家到陳家這條動線狀況還好，其他地方滿目瘡痍，路基被嚴重淘空的有之，還有整條道路被倒下的大片水泥駁坎給壓斷，無從修復。

由於土地仲介在賣地整地時，只貪便宜，以最廉價的方式砌駁坎，道路完全不做級配，以水泥直接灌上去，下面的泥土因未壓實，經不住雨水沖刷，大片被大水削去，路基沒有，只剩表面的水泥。水泥駁坎中既無鋼筋支撐，又不做好排水孔，一旦泥土含水量過大，自然裂開而倒下。

我當初買地時雖然天真，但比起我的鄰居們還要有點頭腦，第一，我不買太高的地方，因為不安全；第二，出入一定要有縣政府或鄉鎮公所舖設的道路，絕不買私人舖設的道路，一則品質沒保證，二則道路壞了，誰來修？土地仲介賣地後拍拍屁股走人。社區居民沒有共識，有人不肯出錢，如何修復？即便大家肯出錢，修復費用太大，如何負擔得起？若路基淘空嚴重，根本無法修復，沒有連外道路，買的地只好荒廢在那兒。

登高望遠，風景自是美麗，相對的，從山頂到山腳，道路蜿蜒曲折，戰線愈長，危險愈大，因為山區道路容易坍方，路基容易淘空。鄉鎮公所、縣政府經費不足，修復遙遙無期，最後是賠了房子又折地。

艾利走後，又有西南氣流，豪大雨下個沒完，原來坍方的地方繼續坍，道路再度被阻斷，所幸未殃及電線桿。

早上起來，看著厚厚的雨幕，萬般無奈，不少植物為水所傷，葉子全枯萎了，也不知是死是活。低窪處全是積水，院子裡到處是急流，所幸做了生態溝，將水導入野溪，否則不堪設想。

想起去年的艷陽天，與今年終日大雨滂沱，令人哭笑不得。

當地人又說從未見過這麼大雨，從未見過這麼嚴重的坍方及土石流。

真的嗎？是他們記憶有誤？還是我們倒霉？

沒有電視，從報上得知新竹尖石鄉土石流活埋不少人，只有居住在山區的人才能體會土石流的可怖。

二○○四年便在水澇中渡過。二○○五年一開春，雨水依舊充沛。我少了澆水的痛苦，卻多了除草的辛苦。

我心想：有水總比沒水好。

自有記憶以來，梅雨季總是陰雨綿綿，誰知連梅雨也會釀成巨災。

春雨過後接著梅雨，幾乎沒幾天是晴天。想起小時候讀地理，形容貴州是「天無三日晴，地無三里平。」用來形容山區的天氣和地理環境倒也貼切。

山區本來就濕氣重，所幸屋子當初的防潮設施做的好。雖是這樣，遇上像這種陰雨綿綿、數月不開的日子，書架上的書、抽屜內的文件、衣櫥內的衣服，都開始發霉，書本翻開來，紙張都是濕漉漉的。

山區除了七、八月正午最炎熱的時候需要用到冷氣外，平日只要日頭一斜，暑氣便消，氣候便涼爽起來。

如今為了除濕，只好開空調，把所有的抽屜、壁櫥打開敞一敞。

五月初的梅雨，受害最大的是桃、竹、苗地區，山區瞬間雨量便達兩百公釐，一日之間便超過一千多公釐。

還記得那天晚上邀陳家夫婦過來吃晚飯，他們從山上走下來還是小雨，誰知就在一頓飯的功夫，天上下起急雨來，正如英語所說的下貓下狗，雷聲轟隆，大雨傾盆而下。

好不容易雨歇，只聽大門外有人喊叫，把大門打開，原來是鄰居全家困在車中進退維谷，他們本想攜老扶幼迅速離開山區，不料走了一半，前面大樹倒下，土石崩坍，根本過不去，只好退回山居，誰知，退路亦被倒下的大樹與土石遮斷，這下災情慘重。所幸車停在我家附近，只好到我家避難。

鄰居兄弟二人借了我家的鋸子、手電筒、把樹鋸了，帶了老母、妻兒涉黃泥水下山。

陳家夫婦待雨停後想走回住處，誰知才走一小段路便折返我家，因為整條路已成大河，水深幾乎沒頂，行不得也，只好在我家過夜。

第二天早上，巡視山區，到處是坍方及倒下的大樹，以前不曾坍的地方也坍了，去年坍的地方繼續坍，滿目瘡痍，寸步難行。

我心中叫苦連天，這才梅雨季，接下來颱風季如何了得？

住進山區，接二連三的旱災、水災，讓我不禁懷疑自己下鄉隱居的決定是否明智？放著台北市舒服的日子不過跑到山區來受罪，值得嗎？

由於圍繞山居的野溪變成急流，淘空兩岸的底層，若不補強，不但會造成崩塌表土流失，野溪淤積，日後再下雨，災情更慘重。只好請人來施工，十幾萬元就此泡湯。

去年新砌的池塘，也因山坡的坍方而淤塞，池中的蓮花及蓋斑鬥魚，全給壓死了，只好再僱工清理，又是好幾萬元開銷。

事實上，山居生活開銷不大，如果不進城，待在山上，吃、穿用度花不了多少錢；水費不要錢，電費、電話費以及車子汽油費算是較大宗的開銷。我算過，在山上過日子，一個人一個月萬元足矣！

問題是水災帶來的禍害才大，人力、物力的損失都是當初未曾料到的。

本以為七月的海棠颱風又會肆虐山區，誰知這次桃、竹、苗受害較淺，最慘的是南部地區，看到墾丁成為孤島，內心反倒沒那麼忐忑，但這絕非幸災樂禍，而是生活在地震、颱風頻繁的台灣，誰也躲不過天災，除了兵來將擋、水來土淹外，還能怎麼樣？

天災躲不過，人禍可以減少嗎？

答案依舊是否定的。山區的鄰居在陳博的教導下，大多有環保觀念，大家努力種樹，用自然工法砌駁坎。偏有少數惡鄰，不但不聽勸，硬把他不喜歡的大樹剝掉樹皮，讓樹枯死，又把枯死的樹木任意推倒到山溝中，任其腐爛，大雨來了，山溝塞滿樹幹，水無處渲洩，便暴漲亂竄，將才修過的馬路攔腰給沖斷，柏油路面全沖裂。

此外，仲介業者未做好水土保持，不做排水，只管賣地，也是使我們受害的一大原因。

如今聞颱風變色。

在風和日麗的日子，望著滿山的青翠，看著潺潺的溪流，很難想像，在如此平和的外表下，隱藏著多少險巇。看看我狼狽涉水而過的樣子，以及山洪爆發，道路與河流已無界限的圖片，我真是自找罪受。

山居——修身、怡情、養性

山居所在的山區，山南、山北、山東、山西都有不同的社區，這些社區名字都取得十分雅緻，如美麗境界、如意山莊、吉祥山莊、田美．甜美等，唯獨我家這條動線沒有名字，因這條動線每戶距離較遠，建築不一，有磚造的、有鋼筋水泥的、有鐵皮屋、木屋等，無法形成有特色的社區。

由於上下有八戶人家，我便開玩笑說：「乾脆叫八閒莊。」並且自封為「竹林第八閒」（這也反應出半生不得閒的我對閒的渴望）。住在山區，若有人半夜三更還雞貓子鬼叫唱卡拉OK，本人絕不給面子，立刻出面制止，十分惹人嫌，所以正確封號應是「第八嫌」。

生活在山居，經常在望著窗外的景色時，不自覺便發起呆來。對一個奮鬥了大半輩子的人而言，腦子成天轉個不停，竟然會發呆，太神奇了。只可惜動慣了的腦子，常不適應這樣的發呆，沒發多久就回過神來，十分可惜。

因此我的「閒」完全是表面上的，腦子從不得閒，內心有許多莫名的衝動。每天面對青山，內心的煩躁似乎有些平息，卻距離真正的靜心、思慮沈澱還遠得很。

半僧居士送我打坐方法的講義，我看過後試圖照做，結果坐的兩腿發麻，脊椎僵硬，腦子半點也放不空，轉得有如陀螺，何曾靜下來。

我問他如何靜下來，用數息法？數數字？唸阿彌陀佛？奧修說得好：「頌唸咒語的人可以停止抽煙，因為他們找到代替品，你可以繼續唸阿彌陀佛、阿彌陀佛、阿彌陀佛，這變成另外一種抽煙，你的嘴唇在動，你的嘴巴在動，你的不安就被釋放掉了。所以，持咒可以變成一種抽煙，它是更好的一種，對健康比較沒有傷害。」

奧修這番話是針對人的腦子無法休息、總要做些什麼而言，醒著固然轉個不停，睡著了，也是夜夢連連，這是一種內在的喋喋不休，內在的獨語。

半僧說讓腦子轉，不必刻意去停止，就像水龍頭放水，水放完了，自然就不再出水，腦子總有放空的一天。是嗎？問題是我的脊椎從四十歲起就不行了，若要從打坐上來放空，我看不等腦子空，我的脊椎先掛了，所以他的方法對我而言是行不通的。

我在拔草時，一味蠻幹，在斜坡上可以拔上三、四小時，我發現我之所以專注拔草，是因為這樣的專注，可以讓我稍許不胡思亂想。

每次到謝醫師處針灸，我戲稱這是「進廠維修」，謝醫師都針對我的脾經下針或刮沙，因為他說我思慮過度。我很清楚我的腦子不休息，我的身體也不能得到真正的休息，它不嘰嘰歪歪才怪。

我也曾到道場去坐過一日禪，不但無所獲，反而使我躺了好幾天，因為脊椎受不了而向我抗議。

在山居的第一年，跟陳家夫婦滿山遍野跑，參觀苗圃，看報章雜誌報導一些有特色的景點便找上門去，結果都是乘興而去，敗興而返。發現還是自家山水出色，也不知是否是心理作用，「家有敝帚值千金」。

南投除日月潭外，已無可觀處，連阿里山也是。從山的稜線到山腳，無處不是檳榔，也因土石流嚴重河床土石堆積，因此當地政府開放採砂石，砂石車滿路跑，數十輛呼嘯而過，塵土漫天。

雖說搞婦女運動，南征北討了近廿年，除了工作，從未有閒情逸致遊山玩水，如今解甲歸田，終有閒空遊山玩水，誰說不宜？

但拼命往外跑，與拼命工作，有何區別？其實都是內心找不到平靜的反射行為。

由於可去的景點都去過，再加上敗興的經驗太多，往外跑的興致沒那麼大。於是待在山居的時間變長，惟三不五時仍上台北與奇人異士約談探究靈異，雖時有所獲，但內心很清楚這皆是騷動不已的靈魂作祟。

我與謝醫師長期打交道的結果，收穫甚豐，更加瞭解身體的作用，他一直勸我要練功。說實話，我對要記招式的太極拳、氣功、瑜珈、體操、有氧舞蹈毫無興趣。我年輕時為自己超強的記憶自豪，但對所有要記招式的運動皆不感興趣，一如我對所有的棋戲、麻將、撲克牌了無興趣。

謝醫師借給我不少練功的書，我看過後璧還，卻挑不起練功的興趣。我最大的活動是拔草、散步。

我是懶人，自然用懶辦法，腰酸背痛、筋骨酸痛或是睡眠不佳，便照頻譜儀，每晚照個一小時多。

疼痛經過照射往往立刻減輕，如果是睡不著，照不到半小時便呼呼入睡。

道理很簡單，人老了，氣血循環差，自然病痛多，而謝醫生的針灸和頻譜儀都是在加強氣血循環，只要氣血循環好，疼痛自然減輕消失。這當然是治標不治本，但這樣，已減輕我許多不適，更重要是心理上的保障。

在我不識謝醫師與頻譜儀之前，經常為腰椎背痛所苦，退休前疼痛範圍愈來愈多，連腕關節、手指、膝蓋等處都隱隱作痛。如今有這兩個靠山，就有恃無恐，心情也不會因疼痛而沮喪不已。

高血脂的問題已困擾我將近十年，長期服藥的結果是胃搞壞，小腿肌肉酸痛，容易疲勞。

退休那年減肥成功，許多毛病因而減輕，但隨著年齡愈來愈大，連以往從未有過的皮膚過敏、腳氣病也出現。

時常往醫院跑，拿了一堆藥卻不敢吃，胃已經吃壞了，若再吃下這些止痛止癢的藥，痛癢或可解決，胃、肝卻要出問題。不吃藥就得從物理治療下手。

去年與代理頻譜儀積餘慶公司〈註〉續約，繼續為其代言，

〈註〉積餘慶公司 TEL:02-27557481 Web:a-ez-healthaid.com

條件之一是送我一台頻譜屋。

有了頻譜屋，更多了一個保健工具。頻譜儀照局部，頻譜屋是照全身。

頻譜屋與烤箱相似，但烤箱進去後，讓人感到十分燥熱，頂多坐個三、五分鐘便得出來透氣。頻譜屋可以坐上廿分鐘，進屋前多喝水，出來後也要喝水，在屋內廿分鐘，汗水不斷下來，照完後，再泡個加了溫泉包的熱水浴，浴後上床睡覺，睡眠品質好很多，可以一覺到天亮。

夏天天熱，不再泡澡，以溫水沖洗。

坐頻譜屋久了，可以感到體內有氣動，原先還以為是頭昏，後來我向中央大學林孝宗教授學會自發功後，才知道這是氣動，而且坐進頻譜屋後，不到幾秒鐘便開始氣動。

以中醫的觀點，人之所以會生病，除遺傳性的疾病與意外傷害，所有的病都是氣血循環差、養份傳輸出問題才致病，因此中醫治療的首務是使氣血循環順暢，刮沙、推拿、按摩、針灸、拔罐的目的皆是使氣血循環暢通。

謝醫師時常說每天大、小便通暢，每天流汗，身體便不會出毛病。

問題是都市人都生活在密閉的空間，工作場所開空調，回到家開空調，特別是夏天。大多數人已不識自然風的滋味。如何有機會出汗？除了戶外活動，那也是偶一為之。

女人愛化妝，更不愛出汗，還使用各種止汗的用品，更少出汗機會。

現代人工作壓力大，生活步調緊張，感官刺激多，七情六慾被攪動的厲害，更使身體遭受龐大的壓力，紓解的方式不是大吃大喝，便是到密閉空間唱卡拉OK，身體不僅得不到真正的解放，反而負擔更重。

憂鬱症、躁鬱症人口比例之高，在全球名列前面幾個國家。這些毛病，只要氣血循環好，就會不藥而癒。

肢障患者如小兒痲痺症患者或因意外成肢障者，年輕時代謝能力強，身體雖行動不便，還不會出大問題，進入中年後，代謝功能減弱，比一般人更快衰老。很少看到活到七老八十的肢障者，原因在此。

人老了氣血循環差，氣血打不上腦子，帕金森氏症、老年癡呆症患者，隨著人類壽命延長而加多。若平日不習慣運動，老了更不愛動，自然毛病多。

若不愛運動，或是不便運動，愛漂亮，不喜汗水污了化妝，可於每晚睡前，進頻譜屋內坐個廿分鐘，出一身大汗，是懶人最佳保健與治療方法。

很多人因看我的書而買了頻譜儀，卻不好好使用或是使用不當而抱怨無效。這世界上絕無一試便好的萬靈丹。若買回家，照個十天半月便棄置一旁，如何會有效？

更有人求治心切，每天照個五、六次，這都是過猶不及。許多人連使用手冊也不看，使用不當，如何見效？

現代人壓力大，飲食不定，便秘人口不少，別說每日出汗一次，連每日大便一次都做不到。西醫對便秘定義從寬認定，只要兩、三天大便一次就不算便秘。每天吃下這麼多東西能不每天清嗎？

當我明白如何保養身體後，我每日盡量做到出汗一次，大便一次，小便通暢。特別是在冬季，頻譜屋成了我最好的出汗工具。

但我很清楚，隨著我的年歲增長，我一定要練功，但我又對要記招式的運動不感興趣，於是便拖下來。

平均每週至少回台北一次，在兒子家待上一晚或兩晚便迫不及待回山居。台北已進步為一個生活機能、市容景觀皆令人滿意的都市，但我卻不耐煩久待。我不禁問自己，過去五十多年，我在這兒是怎麼過的？下鄉不到四年，我已無法忍受它？為什麼？

川流不息的車輛，家家戶戶、辦公大樓空調排出的廢氣，捷運站內行色匆匆的人潮，在在使人煩躁。更重要的是在台北無事可幹，除了與一些人約談外。無事可幹倒也未必，而是逛百貨公司、看展覽、表演、喝下午茶我都沒興趣，待在台北還有什麼樂趣？

在山居修養近四年，元氣恢復不少，精力充沛的結果，我的蠻幹個性又恢復，做起農事來不知休息，我的脊椎終於掛了，便於二〇〇四年十一月下旬進長庚開刀。為我開刀的李石增教授是術德兼備的醫生。前一天下午進住，第二天早上開刀，第三天中午便出院。我隔壁床的太太比我早一天開刀，我出院時，她連下床都有困難。我恢復如此之快，當然歸功於山居這四年的保養。

我這次開刀是「自作孽不可活」，若我不是這個蠻幹急躁的性子，自減肥到山居過活後，脊椎不適的狀況已改善許多，我卻不知珍惜，硬是把它搞垮為止。

醫生警告我，不能再拔草做農事了。不拔草做農事，只有坐在屋內發呆了。

由於照射頻譜儀，氣血循環好，傷口復原迅速。但開過刀的脊椎，令我每晨睡起來十分不舒服，舒活筋骨之後才好些。

當然，坐頻譜屋成了每日必坐的功課。

一天，我與半僧居士通電話，我向他抱怨胃不舒服，他告訴我他卅多年的胃疾因練自發功後不藥而癒，我一聽要練功便頭大，但他告訴我，自發功不需記任何招式。他說他會寄書給我，我看了後便知是怎麼一回事。

不幾天，他寄來四本中央大學化工與材料工程系教授林孝宗著的自發功。

林教授在一九九五從好友陳志雄處學會自發功，所謂自發功，十分簡單，全身放鬆，眼睛閉著，兩腳自然站著，幾分鐘內，體內就會起一股力量帶動身體不由自主的前後晃動，此時意識還是清醒，也知道自己在做什麼動作，周圍的說話聲與笑聲也都聽得清清楚楚，大約半小時後，內力驅動緩和，動作自然停止，眼睛自動張開，感覺好像洗了溫泉一樣。

林教授形容這樣的經驗太奇特了，完全超出一般經驗和知識範圍。他心中有許多疑慮，但在好奇心驅使下，開始每天練功並探索氣功是怎麼一回事。

他發覺每次練功，都會重複前幾天的一些舊動作並出現新的招式。在三個月內，不但陸續出現外丹功、龍游功、五禽戲、八段錦、太極拳等一百多種功法，還會採氣、排氣、做出種種治病動作、瑜珈姿勢、結各種手印甚至還能為人治病，太奇妙了。

自發功名符其實是在身心保持鬆、靜、自然後，自然會有內氣帶動，只要減少意識干擾，就能進入氣功態（即發功）。

我花了兩個月把他的四本書仔細看完後便依樣畫葫蘆練功，

果如他書上說的那樣發起功了，那種經驗太奇妙了。

四本書中的《氣功與心靈》談到許多人在練功後，竟出現通靈及靈魂出竅的現象，看來通靈是人的潛能。

他原本跟我一樣都是鐵齒族，總認為這些靈異經驗是很八卦的。直到他自己練了十年的功，也教過上萬人後，才知道這些事絕非怪力亂神，而是人本來就具有的能力，確實有靈界存在。

不少被視為精神病者，其實是卡到不好的能量，俗稱卡陰，在練功之初，因卡他（她）的東西頑抗會出現歇斯底里的狀況，不明就理的人便說是練功走火入魔。其實練功不會走火入魔，只因練功會排壞氣，這些不好的東西不肯被排除，才會出現哭鬧的狀況，只要繼續練功，久了便會排掉。

很多人被卡並不自知，只覺得怕冷，容易疲累，精神恍惚，常做出不理性的動作或決定。

他也發現如有因果關係，即對方是累世的冤親債主，堅不肯走，他便建議當事人去正派的寺廟、道壇找高明的法師來處理。

問題是，術德兼備的法師上哪兒去找？香火頂盛的廟、觀，未必有這樣的人。

當我打電話給他，與他約定去中央大學親自向他討教，他反而向我道謝說因我的《看神聽鬼》一書，他可以叫這些當事人去求助我書內提供的通靈者。

我帶陳家夫婦與我兒子一起到中央大學（林教授每日早上七點到八點在大禮堂後面的草地上教功）去向他討教。他們都沒看過書，我在去的路上才告訴他們何謂自發功，他們聽得霧煞煞。

誰知到場後，在林教授指點下，他們立刻進入發功態，而我也在他的指點下，開始大動作的倒退走，跑步，大力甩手等動作，大家做了一個多鐘頭後，大汗淋漓，通體舒暢，都感不可思議，沒想到發功如此容易，根本不需要花大錢、辛苦練招。

台灣教氣功的特貴，動輒萬元學費，太X門一次收五萬元，掌門人靠此累積驚人的財富。

林教授不收費，無法親自討教的人，買他的書(不過二百元)來看，很快便會練功，因他寫得十分詳盡，也為各種狀況找出科學根據。

他這十年來，為健保節省不少費用，嘉惠無數人。我原以為他四十出頭，後來才發現他與我同年，都是六十歲的人，但他的樣貌如四十出頭，身上沒有半點贅肉。

在場有一些練功的人在認出我是誰後，告訴我他們是如何因練功而治好各種痼疾。有些人是精神病患。

陳太太是氣血循環甚差的人，不易排汗，我們曾散步近兩小時，我已大汗淋漓，她還未出汗。她只有在坐頻譜屋時才會大汗淋漓而覺得通體舒暢。但她不好意思常來我家使用，怕打擾我的作息。不少鄰居試過頻譜屋，都覺得使用後十分舒暢，也知道長期使用能使人延緩老化，但因價昂，無力購置。不過他們每家都備有頻譜儀，用來對付各種疼痛。

陳太太練了自發功後，發覺全身氣血不通處開通了不少，好康道相報，於是在鄰居間廣為宣傳，也買了許多書送給大家。

很快的，我們便帶不少人再去中央大學，在林教授指點下，每個人都有收穫。

我練功後，腰椎的毛病好很多。兒子告訴我，坐完頻譜屋後，第二天練功，功力會大進，我試後，果如他說的。

更重要的是，在練功時，心思稍能放鬆，進入半夢狀況。林教授也說，練到高功後，很容易靜心。我終於找到不花錢又能使身、心、靈保持平衡的方法。

家中客廳擺了兩尊面容優雅安詳的觀自在觀音像，訪客看了都讚嘆我的品味不俗，兒子諷刺說：「我媽一輩子活得不自在，所以對觀自在特別有興趣。」

他可真是太瞭解他老娘了。我非佛教徒，卻對觀自在觀音像特別有興趣，因祂們容顏所呈現的安詳，正是我最亟求的境界。我希望有朝一日，我能成為名符其實的「第八閒」，真能領略「閒」的況味。

林孝宗　TEL:03-4227151轉34207　FAX:03-4252296

江山易改，本性難移

只有住在山區的人才能體會「江山易改」這句成語。一場豪大雨，一場大地震，地形地貌立刻改變，遑論是現代工具「怪手」「小山貓」。

土地仲介業者可以一夕之間用這些機具將一個山頭鏟平、將一條野溪填平，對他們而言，青山綠水不會令他們感動，只會令他們心動，看看如何將山坡鏟平、野溪填平，好賣個好價錢。至於這麼做合不合水土保持，日後是否會引發土石流，都不是他們關心的

事。如何在買主不知情的狀況下賣出去才是重點。日後有問題，那是買主倒霉。

鄉鎮公所、縣政府的山坡地保育人員若認真執法，抓也抓不完，更何況是打混的居多。

江山果真易改，不管是自然或人為。相對的是人的「本性難移」。

不少人以為住到山區來，受到青山綠水的薰陶，可收潛移默化之效。

誰知不然，那貪杯好酒的，每天依然喝到醉茫茫，直到見閻王為止。那喜歡偷人養漢子或喜與鄰婦偷情的，隔著一個山頭，照樣進行桑間濮上的活動，他們以為人不知鬼不覺，誰料人家好事的狗，狂吠不已，惹得大家都心知肚明，只覺好笑。

癌症末期的，以為投入大自然的懷抱便會得到救贖。飲食習慣不改，事事操心的個性不改，七情六慾全放不下，到頭來，仍是魂歸離恨天。

這是我山居六年來的觀察與心得。結論是大自然改得了它自己，改不了人的心性。

二〇〇〇年的春假，兒子興沖沖地拿了一份報紙廣告給我看，廣告是三百坪地外帶歐式木屋別墅一幢，照片是實景，看著掩映在樹林中的歐式別墅，連我也心動了。

於是母子二人驅車南下，找到了登廣告的土地仲介業者。對方是位張姓中年女士，一看到我便很驚喜，因為她從媒體上認識我，她表明一向很欣賞我的言論。這種恭維我聽多了，自不會放心上。她問我是要在假日過來小憩，還是要當成退休後的養老之地。

我告訴她我是打算退休後到鄉下來養老，換言之是每天住，而非假日才過來。

她告訴我如果是這樣，報上登的物業便不適合我，她帶我們母子到苗栗南庄看地。

兒子一眼看中陳博家的那塊地，當下便表明要買，我悄悄拉住他說：「我們不是上超市買菜，我們是買地，總要看清環境再說，還得跟他們討價還價一番，怎可說買就買？」

兒子被我一說，也覺得自己衝動些，於是母子二人在看過幾塊地後便跟對方告辭。

回家後，我打電話給我在苗栗當校長的同學，要他介紹另外的仲介帶我們看地，順便向他打聽苗栗的風土人情。

接下來，我們便在其他仲介的帶領下看了幾處地，都不理想。兒子依然喜歡他最初看的那塊地，我只好回頭找那位張女士。

跟我接頭的是張女士的弟弟，他告訴我那塊地已有人捷足先登了，兒子聽了便埋怨我不讓他買，害他錯失良機。

我們只好再過來看其他的地，最後選中了我們目前居住的地方。

這塊地在馬路邊，三面環一條野溪，地上雜草叢生，還有一個炭土坡，是當年南邦煤礦在開礦時，傾倒廢煤渣的地方。

張先生告訴我不用擔心，這片炭土坡已堆積廿多年了，不會崩坍下來。也因這片炭土坡，他願意以較便宜的價格賣給我們。

陳博後來說，當初我們母子買下這塊其貌不揚的地時，他們都好奇，我們日後要如何打造這塊地。他們口中不說，心裡一定認為我們吃虧上當了。

我的建築師金光裕、石靜慧夫婦果真是高手，我帶他們來看地時，自己心中都有點忐忑不安，心想，這麼醜的地要人家蓋房子，不知他們會怎麼想。

他們夫婦仔細地看了地，也察看了風向及周遭環境，最後打造出美崙美奐的房子。

我也很感謝承造的鄭瑞楓先生，他在建屋時，親自住到鄉下，每天監工，每一個細節都不放過。

我更要感謝陳博夫婦，他們從一開始便幫我們監工，幫我們找工人，找園藝種樹，換言之，我們還沒蓋房子便先植栽，全是陳博一手包辦，包括為我們規劃一個生機花園。我們在他的指導下，知道該如何植栽，才符合生態平衡。

被傾倒廢煤渣的地，陳博找工人運好土來客土，然後在其上植栽，原本是雜草叢生的地，成了花木扶疏、百鳥嚶鳴的樂園。

油桐花季時，從陳家看我們家，美極了。房子掩映在油桐樹叢中，滿樹的雪白，映著灰色的屋瓦，彷彿掩映在櫻花樹下的日本屋舍。

植栽、客土、起造房子、建駁坎，在在需要錢，原先預計五百萬元蓋房子及整理周邊環境，最後花的錢是三倍都不止。

許多人看了仲介業的廣告都以為花個兩、三百萬，便可擁有三百坪的地及一幢小木屋，天下哪有這麼便宜的事？最後才發現，三百坪根本無法合法化，至少要七百五十六坪，而且要農牧用地，還有坡度問題。

我本想等土地過戶兩年後再合法申請建照，誰知買了地後，不到半年，原先賣地給我們的吳X村，不經我同意，便開怪手到我地上，將與他為鄰的炭土坡上的炭渣給挖下來，將我與他的界線野溪給填平（下面裝涵管）。

我們當初願意買這麼醜的地，便因有這條野溪可以做天然的界線，野溪旁林木蔥鬱，頗有原始林的風貌，經他這麼一整，成了光禿禿，我真是欲哭無淚。

當晚回台北，打電話給陳博說：「我不想要這塊地了，我要原價退回地主。」

陳博勸我再考慮，兒子也不想賣。到了四月底，陳家約我們賞花看螢火蟲，我們依約而至。

滿山雪白的桐花，成千上萬的螢火蟲，在夜空中飛舞，彷彿星際大戰的宇宙星空，十分鬼魅，令人有著莫名的激動。

桐花和螢火蟲使我決定不賣地，也決定要在這兒定居下來。

誰知這是噩夢的開始。

我們接到縣政府的通知，因我們濫墾，要罰我們。於是陳家夫婦陪我們到鄉公所和縣政府陳情，說明我們並未濫墾，而是吳X村不經我們同意，任意動土的結果。

鄉公所和縣政府的官員表示愛莫能助，除非我們上法院告他，判決勝了，才能撤銷懲處。這不是強人所難嗎？上法院打官司曠日費時，何況還要先交罰款，等判決勝訴再上公文申覆後退錢。最後我只好自認倒霉交了六萬元罰款。

我們這些都市土包子，買地時只管地點好不好，風景美不美，根本不知道，山區是沒有自來水的，山上只有山泉水。由土地仲介業者自己找水源、建水塔、接管線到要賣的土地上。

你買地時，他拍胸脯說供水絕無問題，等你買了地後，才知問題大了。

水資源是共享的，沒有人可以宣稱他擁有水權，但水源所在地掌握在吳X村手中，雖然只區區三、四十坪。

他十分狡猾，把地賣了，卻掌握水源區。雖然當初表明日後這塊水源地由所有買地的八家共同持分，但他只是說說而已。（後來才發現水源出口根本不在他的地上，六年來他以欺瞞手法讓鄰居們誤以為他擁有水源地而受其欺壓。）

他還將止水閥的開關設在他的庭園中，買他地的人，只要他看不順眼，或是他認為你得罪他，便擅自關水。他疑心病重，你根本不知道何時得罪他。

他因濫墾一事與我結下樑子，事實上，我為了與鄰居和睦相處，只好認倒霉，繳了罰款，也沒跟他理論。他不但不領情，還懷疑我到縣政府舉發他濫墾。

他每天出動怪手，這裡挖挖，那裡挖挖，而且是一大早，清晨六點，怪手鍬鐺的聲音便擾人清夢，從早挖到天黑。

我們下鄉是為圖清靜，結果是難得耳根清淨。若去找他理論，他可能挖得更起勁。

有鄰如此，又能怎樣？

由於他出動怪手太頻繁，不斷被檢舉，便以為是我報復他所致。我生平不做暗事，我要檢舉他，我會堂而皇之告訴他，我才不做背地的事。

於是他從我建屋子時便三不五時把水關掉，害我們沒水用。建屋時，由於我人在國外，所有的事都委託陳博幫忙，陳博只好陪笑臉，麻煩他把水打開。

有幾次他跑去找陳博恨聲說要斷我的水，陳博擔心我脾氣火爆會跟他起衝突，於是說好說歹。陳博有次擔心得只好祈禱他家的觀音，希望這事能有好的落幕。

陳博十分有德，一切委屈自己承受，許多事不敢告訴我，因他不知我會有什麼反應。

從我建屋住進來至今已六年多，斷水十幾次，其中固然有因水管斷裂、鄰居澆水忘了關水導致水流光而斷水，但至少有十次以上是他擅自關水。

本來住在鄉下是為圖個清靜，不想跟太多的人打交道，誰知來這裡找罪受。

除了颱風豪雨會坍方，因而受困山區外，更有惡鄰整人，我的心情豈止是「後悔」二字可以形容。

我本想合法申請建屋，由這次罰款的事才看清地方政府是如何的顢頇無能。鄭先生告訴我鋼筋、水泥要漲了，若要等合法還不知等到猴年馬月的，不如先建再說。

橫豎被縣政府不分青紅皂白的罰款，還不如先斬後奏。

屋子建好了，人也搬進來。縣政府覺得這些仲介業者濫墾濫伐，無法無天，要殺雞儆猴，再加上土地仲介業者與鄉公所的官員有私人恩怨，他們當初答應要出錢支持對方選舉的，誰知賺了上億的錢卻一毛不拔，對方當選後便思報復。

於是拿我們開刀，等於間接報復他們。事實上，他們早賺飽了，也不在乎鄉公所的官員如何對付他們。只有我們這些不明究裡的人倒霉。

我不但要對付惡鄰，還要與鄉公所、縣政府周旋。土地仲介業者認為我是名人，我一定有辦法對付他們，便跟村幹事（負責查報違建）說不要查報其他人，只要查報我跟另一個人去充數即可。

於是縣政府開出違建通知，要我說明為何違建。我倒不怕縣政府拆違建，因為沒有經費拆。但只檢舉我一人，是可忍孰不可忍。

後經老於公事的人指點，我才發現我們家買地時間是農發條例頒佈後、還未正式實施前的過渡時期，因此可依對我們有利的法條來申請合法。

我的房子並非真正的違建，只是程序違建而已。但在房子未合法前，總覺矮人半個頭，也不敢隨便造次。

申請合法程序整整花一年半的時間，其中數度停下來，原因很多，當地建築師自己弄不清關鍵，地方官員也搞不清，拿雞毛當令箭。

最後總算合法了。

我也決定不再受惡鄰的鳥氣。

去年五一二大水，管線並未沖壞，卻在大水過後停水，我和兒子循管線找原因，發現又是吳X村關水，我們二話不說，把開關打開。

不意九月底又停水，這下我可火大了，陳博也不願再委屈求全。我們兩家也發現可以反制他的方法。

由於蓄水池在陳家的地上，我要陳家申請鑑界，只要鑑界確定是他家的地，我要他賣給我，過戶在我名下，然後我寄存證信函給每一家，限期一個月內遷移，否則雇工拆除。

陳博說不用過戶給我，他願跟我站一條陣線，我本不願他出面，因他是癌症患者，訴訟過程恐動怒傷身，怕影響他的健康。

由於陳家水源與我家不是一個水源，所以陳家幫我找水電師傅另拉管線，換言之，我不用吳X村的水，照樣有水用，不受他威脅。

我也到縣政府要求徹查吳X村當年掩埋野溪的事是如何結案的？因為他掩埋野溪的結果導致去年十月秋颱時，大水漫到馬路，淹到大腿，而五一二水災更差點讓人沒頂。

非常荒唐的是縣政府要吳X村找一個結構技師擔保三十年，去年結案，今年便出問題。結果我們向縣府陳情，縣府承辦人黃課員帶著技師吳XX及縣府官員來現地勘察，從頭到尾一味袒護地主，而且要我們與地主和解，對於馬路淹水沒頂，河床淤沙高過地面，均稱那是不可能之事，是我們因個人恩怨而無中生有。真是睜眼說瞎話，置居民生命財產安全而不顧。

縣政單位一再重申，任何人不得隨意整治野溪，那是要負刑責的，如今竟堂而皇之埋涵管，在上面舖路做蓮花池，導致整條野溪河道變淺，流速減緩，泥沙排不出去，只要天下大雨，泥沙堆積就會高過馬路，最後馬路成了河道，三月底才舖過的路面，五月一場水災竟柔腸寸斷。縣府官員不立即依法究辦，而要雙方私了，若說沒有官商勾結，誰相信？

由於走法律途徑曠日持久，我已想出整人的辦法。當年我們被這些仲介業者和地主及地方官員惡整，如今我我要以其道還制其人。

我已決定在我家、陳家及其他地方設立大型看板，將這些人的惡跡詳細陳述，也勸大家不要跟他們買地，若要買地，最好事先與我們聯絡，我們會竭誠告知哪塊地可以買、哪塊不能買，哪個地主的地不能買，哪個仲介業者最可惡。

當然，我會把這個過程寫在書中，讓大家以為警戒。不要步我後塵，真是賠了夫人又折兵，本想頤養天年，不料竟搞得烏煙瘴氣，惡夢一場。

有位名作家買了一個科技大老闆蓋的XX村之後，寫了一本書，敘述他們一家在XX村過著多麼美好的歲月。

事實上，《壹周刊》踢爆過這個村子是個大爛攤子，所有公司當初承諾的設施全是空頭支票，預定的社區活動中心及公共用地，竟賣給其他建商。

房子會漏水有瑕疵，跟公司抗議無下文。而其他建商在其周邊建的房子只有XX村三分之一的價格，讓所有的買主為之氣結。

然而，這位作家卻昧著良心歌功頌德。當我看見他為某政客站台時，我只覺得他十分可悲，文人爭的不就是一身傲骨嗎？怎麼如此廉價便把自己賣給大老闆、賣給政黨、政客？

我絕不美化我下鄉隱居的過程，住在山上，確實令我享受到前所未有的安寧，青山綠水永遠是我心靈的安歇處。然而六年以來，與地方政府官員、仲介業者、惡鄰的爭鬥，讓我身心俱疲，如果能重頭來一次，我大約不會動下鄉隱居的念頭。

如果你動了跟我一樣的蠢念頭，在下手買地前，打下列電話：037-825087，我們會給你最完善的指導，讓你不要重蹈覆轍。

如今農舍要合法化愈來愈難，其間辛苦不足為人道也，除非你朝中有人，否則花錢受氣，十分不值。

所幸淹大水時，兒子拍照存證，才使縣府不能抵賴，派員瞭解狀況後，召開居民協調會，在場鄰居因怕吳X村以水源控制住戶而不敢支持我和陳家，每個人都鄉愿地想息事寧人，甚至反過來數落我們檢舉的不是。我不發一言看著這些人是如何怕事膽小，他們在吳X村的淫威下過活，長期受害，卻不敢主張自己的權利，以為委曲便能求全。

他們就像活在家暴中的婦女，長期受虐，不但不敢逃出魔掌，反而袒護施暴者，讓施暴者變本加厲。

吳X村敢於作威作福也是因看準這些人的懦弱怕事，只是他這次踢到鐵板，他本以為我是個女流之輩，能奈他何。殊不知我這一生行事為人，既不肯向人彎腰低頭，亦不肯委曲求全。

若想對我無理，我一定幹他幹到底，管他是權貴還是黑道大哥，我絕不會善罷甘休的。

我已決定若縣府不肯公平處理他擅自整治野溪、以鄰為壑的惡行，我會與縣府周旋到底。

鄉居大不易，到處有這種耍流氓的惡鄰，如果以為息事寧人可換取長治久安，我勸大家還是不要動鄉居的念頭。

若只有我一人出頭，勢必孤掌難鳴，所幸有陳家夫婦仗義相挺。

我告訴兒子，既然已下鄉，全部家當都投下去，沒有退路，若有人不讓我安居，我也不會讓他好過，我絕不受任何人威脅利誘，這是我一生的行事原則。

人傑地靈

很多人不認為我有能耐在山上久住，我認為人有自由意志，只要我心意已決，紅塵俗事奈我何。只要不受其擾，如何會住不下去？

事實證明我確能不受俗事干擾，經常數日獨自一人在山中，唯有書與美景為伴，果真是「山中無甲子，寒盡不知年」。

只是沒料到會有鬼神找上我而開啟了我的靈異之旅，這個過程十分精彩，具有啟發性，除了事關當事人隱私，不便寫出的外，其餘均照實寫出，第一本是《看神聽鬼》，第二本是《通靈者說》。

看過這兩本書的人都稱讚不已，認為有助於他們對神鬼的認識，也打破許多對神鬼的刻板印象。卻有不少人不看書便妄下評斷，說我老了，腦袋不清楚，沈溺於迷信中。

逢廟必拜，事事問鬼神的固然迷信，不分青紅皂白，堅持沒鬼神的一樣是迷信。

我一向不理會外界怎麼看我，孟子說過：「有不虞之譽，有求全之毀。」外人稱讚、毀謗，不過是他家的主觀感受，與我何關。我只問自己是否受到啟發，是否有成長。

《通靈者說》於二〇〇六年五月初問世，五月底在信義誠品書店辦座談。會後，我帶山上的鄰居陳家夫婦、藍小姐等人到書中介紹的彩虹講堂，與通靈者泰德、瑟琳娜師徒對話。在場還有《通靈者說》一書中介紹的另類地理師陳銘村。

就在大家談興正濃時，陳銘村突然對瑟琳娜說：「來了許多，很熱鬧呀！不過都是好的。」

瑟琳娜點頭表示確實來了不少，我知道他們指的是靈。當然我們這些凡胎肉眼是看不見的。

這時瑟琳娜突然對藍小姐說：「妳家有未辦完的事。」

藍小姐不明白是什麼意思。瑟琳娜表示她母親來了。藍小姐便說去年是她母親過世六年，按照習俗應撿骨，但她大哥已去世，二哥家信基督教，她是出嫁的女兒，不方便出面辦這事，因此沒有替母親撿骨。去年沒撿，就要等到第十年才能撿。

藍小姐問她該怎麼辦？

陳銘村便對陳太太說：「中元普渡快到了，妳帶妳的好朋友去大業路農禪寺為往生親人超渡。」

瑟琳娜要藍小姐在心中承諾她會去超渡的事，也會在第十年去辦撿骨的事。

藍小姐在心中承諾後，瑟琳娜表示她母親已安心離去。

不一會，瑟琳娜說有更多的來找她，連地、水、風靈都來了，地靈說祂蒙塵。

大家不明白是怎麼回事，我靈機一動說：「藍小姐最近買了一塊地，介乎我跟一個濫墾濫伐的吳X村之間，那塊地原本林木蒼蒼，被他剃成大光頭。他把野溪用涵管埋起來，因水流不通，一旦遇大雨，河水暴漲，從斜坡上一瀉而下，直接沖刷這塊地，導致寸草不生。」

吳X村因供水和埋涵管的事與我和陳家夫婦結下樑子，他跟藍小姐說：「要在這塊地上堆雞糞、養雞臭死我，讓我住不安寧。

藍小姐不希望大家鬧僵，只好買下這塊地以息事寧人。」

「難怪地靈會來，為何還有水靈呢？」瑟琳娜不解道。

「因為地旁的溪被他埋涵管，致使溪流不通，破壞原有生態。」我說。

瑟琳娜這才恍然大悟，藍小姐問她該怎麼辦。我搶答說：「把涵管拿掉，恢復溪道，做邊坡，以防土地流失。在地上另做一條生態溝，大水下來，經由生態溝流入溪中，如此種樹才不會被淹死。」

瑟琳娜要藍小姐答應地靈、水靈她會這麼做。藍小姐依言在心中承諾。陳銘村在旁說：「妳這兩件事辦妥，明年後，妳的家運、事業一切都會順利，而且是一輩子心想事成。」

藍小姐默唸完畢，瑟琳娜表示祂們都走了。又對我說：「天兵天將在妳身邊。」

我不解道：「祂們來做什麼？」

她說：「聽妳差遣。」

我說：「我沒什麼事要差遣祂們。哦！有了！我要祂們幫忙解決野溪以及吳X村的問題。」瑟琳娜說：「妳要規定時間，祂們會去做，但若不規定時間，可能十年、八年才會辦成。」

我說：「三個月之內，若三個月不成，便到今年年底。」我雖這麼說，但內心是半信半疑。

經歷靈異之旅後，我相信有靈，但我有何德何能可以差遣天兵天將？

回家的路上，大家都對剛才的事感到不可思議。成語有「人傑地靈」，總以為地靈是形容詞，形容一個地方幽美，有靈秀之氣，不料地靈竟是名詞，且是具體的東西。

同車的鄰居們便說：「施老師是人傑，自然會有地靈。」

我半開玩笑說他們是狗腿。我們社區的境內移民，哪個不是人傑？高科技的高階主管及業者，以及退休的軍、公教人士，大家都有心在此安居樂業，出錢出力將整個社區打造成兼顧生態與環保的安居之地。

吳X村毫無環保觀念，以詐欺手法賣地，讓不知情者上當。因為在地籍中若屬河川地，根本不能蓋農舍。即便現地被填平，看不見河川貫穿其間。他賣的地有不少是用涵管埋野溪中，上面覆土以加大面積，讓不知情的人買下，等到要申請合法時才知河川地上不能建房子。

他們這種作法，導致野溪生態被破壞，山洪爆發時，大水到處流竄。有在地人說他們有句俗話：「山還可欺，絕不能欺水。」

如今地靈、水靈被欺，找上通靈者，要我們為祂們主持公道。

我早知萬物有靈。曾在慈惠堂看見一位求助者向師父說他身體不好，師父說他身後跟了一個樹靈，那人告訴師父，他家有棵老樹，十分高大，對面鄰居抱怨那棵樹壞了他家風水，他為鄰居和睦，只好砍掉大樹，誰知自砍樹後，身體一直出狀況。

環保人士常警告人們，若不重視環保，大地會反撲，還不止這樣，作為者還會遭到神明的懲罰。

事實上，吳X村健康愈來愈差，他不知修改心性，反而撂狠話說他要死，還要找人來墊背，要找黑道來對付我和陳博。

我們都不怕他耍狠威脅，但藍小姐夫婦是好心人，不願見他對我們施毒手，以高價買下這塊爛地，不意竟是地靈所居，俗語：「好心有好報」。藍小姐當初買這塊地時，除了想為我們解圍外，她並無意在這塊地上做任何設施，只想種種樹，以涵養土地。

吳X村自以為得計，認為他的威脅有效，藍小姐當了冤大頭。

我若不是經歷了靈異之旅，一定認為地靈之說是怪力亂神，這些都是無稽之談。如今才發現許多成語是其來有自，決非古人胡亂創造出的，如「人傑地靈」、「鍾靈毓秀」。

台灣一直是鍾靈毓秀之地，如今為經濟發展而破壞殆盡，沒有鍾靈之地，哪能孕育出優秀的人呢？

我於是修書給新任縣長，希望他能協助我們恢復野溪。我無意神道設教，但我知道造福鄉梓，不止是造福鄉民而已，他若能保育山川生態，神明一定會庇佑他。無怪乎俗語「修行在公門」，決策者一念之間，可造福多少眾生、眾靈。

若當政者只想爭取整治河川的錢來綁樁買票，而不是真正修復河川，絕對會遭到報應的。

■ 盛正德

畫我故鄉

緣起

這山是眾神的居所，這溪是美麗的女神從頸項卸下成串的琉璃珠，為她所鍾愛的凡間情人，拋向山谷而化成的清澈溪流。於是情郎溯著溪水而上，倆人見面後，不顧神人不能結合的禁忌，日夜在山林溪畔纏綿嬉戲。歡樂美好的日子令人忘形，或許愛情終究是無法隱瞞的。在眾神得知後的譴責聲中，有各種懲處的意見，有的說要把男人化為石像讓他永佇山頭，但也有神祇欽羨著他們情的恣放、愛的執著而申言，最後議決把男人驅離下山，並罰凡人從此無法再和眾神見面。失去神喻的人啊！變得愚昧而可笑，生命充滿了災難與無奈，自此以後世世代代的人們都企盼著再次的救贖能重新站在神前。所幸深情的女神讓這條溪終年長流滋養著土地，使萬物茁長。

遠古的神話除了動人外，也顯現了人類思考的原型，象徵了人與自然的關係與詮釋。如果我們在中港溪加上了神話，那麼這條河除了功利實用之外，還可感覺到生命的流動。在我們涉足溪流時，能擁有一份浪漫的悸動，人與自然也能藉由神話而融合。

自從遷居此鎮，這條大溪因地利之便，成為我常去遊憩之所，廿年前還可以摸蛤抓蝦，如今蛤蝦都已難得見到，溪中下游的污染及濫建之速，令人怵目驚心。好在中上游尚保有原來的面貌，原始的山林蓊鬱濃綠，溪水依然清澈；沿溪而上時可察覺景觀的依序改變，而心情也隨之轉換。近三年來和住在上游山區的賽夏族原住民有所交往，他們的祭典、神話、歌舞等都是那麼的感人，有悲愴、有歡樂，在在吸引著我，也作了一些初步的紀錄，這過程使我對此溪除了風景的感受之外，更讓我觸覺到人文、歷史與土地的貼近。

所有的這些感受，激起我著手作一系列有關這些畫作的願想。一開始我不帶任何的繪寫工具，只是放空思慮進入到少有人跡的上游山區，在山林河邊毫無目的徜徉，聽著水聲發呆，或脫下鞋子站在水裡感受那種冷冽。低頭望見映著天光的水從小腿旁流過，望著望著竟感到陣陣的暈眩。更常走到樹蔭下，聽著蟲鳴鳥叫打盹睡覺，午後睡醒時，發現四週雲霧升起，夏日也泛著深深的涼意。這樣過了一個多月，才開始帶著速寫簿、相機、錄音機等，再度走到山涯水畔，著手這些畫作的初稿。然而真正在畫室作畫時，就感到之前置身在山水間的那種身體的感覺對畫作是那麼的重要。

這一系列的畫作，以相當寫實的點畫來呈現所見的景物，儘量避免因繪畫形式所帶來的干擾，為的是希望這些畫能如實地表達出自己對土地的感覺；它們不像歐洲印象畫派般的華美，也沒有中國山水的型式，而是台灣特有的景觀，這種原貌的追求有其必要的。

向天湖景

四灣夕照

獨立山

只要有太陽的早上，從小鎮朝東望去就可以見到這座逆著陽光、閃爍著金色光芒的山，整座山的每棵樹都繞著亮眼的光環。這座獨立在大東河與蓬萊溪交會處旁的山，不高卻充滿了靈秀之氣。它日夜俯視著河川，悲憫的望著兩條溪匯合往下流的水波，它似乎知道這些水流到了下游將被人類污漫、蹂躪，然後以非常不堪的污穢身體回到海洋，為此它也只能無奈地為河祝禱。

在春雨乍停的午后，來到山的對岸，這時已沒有亮眼的陽光，卻顯出沉穩的氣度，山腳下有幾戶村舍，本來是一片安祥的景色，但農家旁不遠就是成堆的砂石，採砂的機器不斷在轉動，河床也滿目瘡痍、不忍卒睹。河川與土地的資源有如被邪惡的八爪魚用那貪婪的吸盤攫取著，無遠弗屆，守護的山神無語地看在眼裡。

溪畔人家

從一座便橋跨過此溪，繞行到堤壩望對岸，此鎮的後院就在眼前展開，一些老舊的房舍沿著河堤高低參差地臚列著。遠處建在山腰上長老教會的尖塔刺向蒼茫的天空，長老教會在此鎮已有一世紀的歷史。基督教及天主教在今日原住民的信仰中佔了重要的地位，長期來原住民一直遭到漢人的歧視，所以當這二種宗教以博愛

原莊風光

與關懷的教義來傳揚時，很快就獲得原住民的認同及信仰。此鎮的泰雅族居民幾乎都是信仰基督教，由此可見一斑。

本鄉雖處山區，然而因特殊的地理環境，很早就被開發。早期台灣出口樟腦，在一八六九年清廷與英國訂定樟腦條約，外商得以侵入內地大量生產樟腦，此時漫山遍野的參天巨樟林，所以就有無數的練腦寮設立，煉腦工人群集，英國外商公司也在此設有辦事處，居民稱之為紅毛館，直到如今尚有紅毛館地名存在。到十九世紀末台灣樟腦產量即佔世界產額的大部份，盛況可想而知。

日據時期此鎮發現煤礦礦脈，於是煤業及林業興起，礦坑日漸增多。因礦坑工作危險又辛苦，所以工資相對較高，而礦工在這種入礦坑即未知能否再見天日的壓力下，造成賺錢即花光的習性，如此帶動了市街的繁榮，風月場所也應運而生。

近年來煤礦挖罄，林木伐盡，這一切都成了過去式。但本鄉因著這些背景，聚集了客家人、閩南人，還有原住民賽夏族及泰雅族，各種不同的文化在此交集，在時間的延展下，顯出不同的小鎮風情。望著對岸高低不齊、古舊而一再整修的房舍，時間滾動的痕跡也隱約顯現，更讓我貼近了人們在這裡生存的軌跡與生活的溫度。

南庄街道

老戲院

這個依山而建的小城鎮，曾因煤業而興盛，煤礦沒落後，時光的步履就顯得蹣跚了。走在街上一些在城市中已消失的景象，會那麼理所當然的在眼前出現，令人錯愕驚喜。那天無意中經過不知已停業多少年的戲院，赫然發現門口及側邊還高懸著數塊電影看板，早期的香港電影《丹鳳街》，畫著民初戲服的劇照，及寫著早已被遺忘的男女主角名字等。還有更大塊的看板──宮本武藏決鬥巖流島，三船敏郎握著武士刀高高的站在那裡凝視著，時間彷彿就在凝視中凍結了，剎那間時光倒流了將近廿年，比聽老歌更輕易地就把人的意識引入那遙遠的時空裡。

也得感懷當年的畫匠，沒有偷工減料，使這些看板經歷如此長時間的日曬雨淋還清晰可辨。讓我在不久前的新聞中得知三船敏郎逝世消息後，還能看到他凜然的站在這裡。

繼續走到路口的橋頭，再回頭望向街道，雖已看不到電影看板，卻仍感覺到整個街道沉浸在一種無聲的時空錯置的神祕氛圍裡。

小鎮風光

五月天，陣陣細雨，沿溪而上，到小鎮時雨稍微停歇；晚春時節，山區泛著涼意，空氣中含滿了水氣，站在路邊，衣服頭髮都覺得濕濕涼涼的，就連睫毛在眨動間，也感到水氣的潤濕。

正午，小鎮似在小憩，街道人車稀少，這種空曠稍帶落寞，是小鎮特有的情緻。

路旁一株高矗的木棉樹爬滿了蔓藤，花正盛開，在霧氣厚重的天空中，艷麗的彩度不見了，卻也很稱職地帶來晚春的氣象。通過小鎮的路，水光粼粼地往前延伸著，盡頭，山巒起伏在雲霧飄渺裡，是通往《失去的地平線》的香格里拉嗎？

註：《失去的地平線》是一本小說，記述在二次大戰時盟軍軍機在喜馬拉雅山失事墜毀，兩位駕駛倖免於難，卻因而走到一個充滿音樂、歡樂與愛的地方──香格里拉──令人難忘的人間樂土。後來二人經香格里拉居民的指引，走到印度再回國。戰後二人再訪該山區，卻怎麼也找不到曾走過的路徑，一部現代桃花源的傳奇。

蓬萊之家

油桐花

看到滿山如雪的油桐花，自然會想到油桐子所榨出的桐油，但散發淡淡清香的油桐花卻怎麼也不似氣味強烈的桐油。記得小時有段撐紙傘的日子，竹子做的傘骨架，貼著塗了油的紙傘面，塗就是桐油。印象很深的就是半透明泛黃的油紙在開傘收傘時的那種氣味，略似松香的味道，卻更強烈些。雨中行走在紙傘底下，是童年少有的一種愉快的氣味記憶。紙傘很容易戳破，布傘取代了紙傘，梧桐油也被其他大量生產的洋干漆所取代。

自搬來苗栗之後，才第一次見油桐花，春天在峨眉湖畔、行道旁成列的油桐樹一片雪白，驚艷。湖面也飄著凋落的花瓣。

當年為了採收油桐子所植的油桐樹，如今已放野無人看管，卻依然在春天綻放出漫山遍野的雪白。秋天掉落滿地油桐子，冬天落葉凋盡枝椏襯著蒼茫晚天。

油桐也是滿有詩意的樹木。油桐樹，三更落盡五月殘雪。帶著淡淡的哀愁在詩詞裡浮現。

三年多來，經常獨自沿著這條溪進出，多次在渺無人跡的山林跋涉。曾在颱風後月餘，獨自輕裝上山尋找煤礦廢坑，風災把路面沖得毫無路跡，使我再三走入岐途，在密林、河谷間覓路，最後花了近五個小時才找到暗黝的令人駭怕的廢坑。坑裡從看似無盡的

中港溪出海口

地心深處傳出低沉的嗡嗡迴音，坑頂滴著水滴，站在坑口就能讓人汗毛直豎，那是我們無法跨越的另外世界。回程時沿著來時留下的記號下山，不到一小時就到了。

這趟行程，在驚險中讓我遇上奇怪的情況，就是在深入岐途時，就有鳥兒在周圍尖叫，這使我想起原住民流傳的鳥占之術：行旅中如碰到Sisir鳥在左方或上方急速尖叫時即為不吉之兆。鳥聲引起我驚戒之念而從岐路折返，接著再入岐路也發生同樣情形。是巧合焉，或Sisir鳥是山林或祖靈神祕的使者，便不得而知。

孤獨的一個人進入山林溪畔是一種異常的感受，或許有些孤寂，卻更能進入深沉的內在，也感覺到人與自然的互相滲透。所以這三年的收穫不只是看得到的這些東西而已。

四月天氣開始轉暖，想來此時必定滿山的油桐花盛開，陣雨後，雲海當也在谷底升起；小鎮街上小吃店裡大碗美味的「粄條」……很多記憶在工作告一段落後卻更鮮活。

盛正德　畫家、作家，他的作品文中有畫，畫中有文，畫境與意境皆美妙空靈，如對他的畫作有興趣。請電話連絡：037-824038。

■ 陳正武

好山、好水、好人——談我的侏儸紀新故鄉

六年多前，境內移民到山區，過著與世無爭的現代陶淵明生活，因緣際會，有幸結識同樣嚮往好山好水、想在此終老的女權運動超級戰將施寄青老師，並在兩年後成為最好的築夢鄰居。

由於施老師是名人，雖然敬佩她，仰慕她的人很多，但我原本跟很多人一樣粗淺的認為她是一個異類，伶牙俐齒、慧黠善辯、咄咄逼人、觀念前衛、言論驚世駭俗，令衛道人士不敢苟同。但當我們夫婦認識施老師後，才發現她其實非常平易近人，接著拜讀她的大作，聽了她的演講，才真正瞭解到她滿腹經綸、學貫中西、出口成章、辯才無礙、實事求是、追根究底，是一個位了不起的女權運動先驅。她的真知灼見及獨到見解，常能一針見血切中時弊，是難得一見的才女。

我罹癌的這幾年為了要活命，除了在醫院做正確的療法外，無論在生活、飲食習慣和居住環境上都做了重大調整，甚至有一百八十度的轉變，目的就是想把過去可能的致癌因子除去。唯獨執著的個性造成很多有礙健康的觀念、想法難以改變及突破。所幸山居歲月中，在施老師的言行不斷影響下，終於有大幅度的轉變，積壓很久的鬱卒心結豁然開朗。一個罹癌病人能夠這樣大徹大悟放下一切徹底改變的實在不多，我是最幸運的一個，這不啻為癌病友邁向康復之路的最佳方法。

雖然與施老師同時購地，但我卻比施老師早進住兩年。當我把山居抗癌的兩篇心得〈無患傳奇〉與〈生機花園〉以野人獻曝心情請她過目，沒想到她非常贊同，尤其是〈生機花園〉的理念，影響了她的造園

觀，並且信任我，放心大膽地把庭園交給我以土法煉鋼的方式去營造。

社區不斷有新的移民加入，施老師跟我都有一個共同想法，如何保有社區的好山好水，進而構建成為一個優質的生態社區，是刻不容緩的當務之急。否則大環境被破壞，每戶住家小環境整得再好，也失去了價值和意義。好在社區的外來移民有知名作家、律師、畫家、大學教授、退伍將領、科技精英、成功企業人士、退休公教人員等，並有多位具博、碩士學位，素質非常高，都有豐富的生態環保概念，想把自己的庭院及社區整理成一個風光明媚、鳥語花香的世外桃源。所以觀念非常容易溝通。於是在施老師號召之下，很快結合周邊數個社區成立新故鄉營造協會。首先我們邀請在台灣享富盛名以生態工法、綠色建築、執城鄉風貌再造牛耳的台灣大學韓選棠教授到社區做專題演講，社區居民在建立共識之後，韓教授高足苗栗縣社區規劃師張仲良建築師多次親臨指導並倡議結合社區環境特性，如在此地發現的世界級蘇鐵化石區及為數甚多的恐龍時代孑遺的蕨類植物，而以「苗栗縣侏儸紀故鄉營造協會」為名，打造優質的生態社區。此一提議獲得社區居民一致認同。

此地的好山好水令人嚮往，但如果好山好水再加上好人才是十全十美。我一直以為好人可從兩方面來說明，一方面是以大自然為師，愛鄉愛土，善待眾生，對大自然的一草一木、蟲魚鳥獸皆不肆意破壞或濫殺無辜；另一方面是做大家的好鄰居，社區居民彼此照應團結合作。而在地居民對外來的新移民不要一味排斥，應該結合有相同理念的人共同打造新故鄉。

很遺憾的是少部分人士，甚至地方政府，對我們有太多的誤解，認為我們這些外來的移民是「麻煩的製造者」，是在破壞山林、濫墾濫建，因而不斷檢舉告發我們。事實上我們社區居民都是山林的守護神。過去或有過度開發情事，如部份土地從日據時代到光復初期被煤礦場大量傾倒廢煤碴，使良田變色，為了發展經濟大量砍伐林木的結果已是滿目瘡痍。而今又有部份土地在購買時已由仲介業者過度開發，那都是我們不樂意見到也無法改變的。但我們還是熱愛這塊土地，這六年多來盡力在做環境療傷的工作，不論水土保持或環境保護均採用生態工法，而大量種植的林木均以低海拔原生植物為主，投入相當多的財力及物力，這些都有目共睹的。

誠如施老師常說的，她從事婦女運動廿餘年，罵盡天下忘恩負義的男人，可是到社區後，深受社區的好男人所感動，這些人熱愛大自然、疼老婆、愛孩子、愛鄉、愛土，是她從事婦運以來極少見的。少數誤解的民眾及地方政府，其實沒有理由不讓這些有能力來繁榮地方的好人移民到此，應該是歡迎都來不及。

有多位社區居民將畢生積蓄及養老金投入購地造屋後，才發現申請合法建照遙遙無期，甚至面臨房屋將被拆除的命運。他們內心所受的煎熬，絕非局外人所能瞭解。在田園夢碎欲哭無淚、只有無語問蒼天之時，我們不禁要問一向標榜「人民才是頭家」的政府妳在那裡？看來好山好水好人之外，要再加上一句好政府才貼切。希望政府開放農地買賣的美意，不要在沒有相關配套政策及地方政府的顢頇無能下，變成一個騙局，除了圖利少數地主及土地仲介業者外，倒楣的是懷著築夢桃花源理想的無辜善良民眾。難道除了以走上街頭、作激烈抗爭手段外，沒有第二條路可走嗎？

打造新故鄉的過程固然辛苦，但仍有些地方人士伸出援手，提供寶貴的意見，協助我們這些境內移民在此落地生根，他們更加入協會以示支持，與我們一起經營社區，我們銘感五內。

無患傳奇——
談我的山居抗癌心得

那是十年前的事了，當時正值我「卸卻戎裝」不久，事業告一段落已不愁下半輩子生活之際，慶幸自己壯年退休可以隨心所欲過著悠閒的生活，哪裡知道一向自詡不煙、不酒、無任何不良嗜好，加上身體高大魁梧健壯如牛，竟然會在短期內斷斷續續的發燒、咳嗽以及全身痠痛。經送醫急診後，醫師宣佈診斷結果是罹患「急性骨髓性白血病」（也就是一般人所稱的「血癌」），並立即發出病危通知。爾後的醫療以及與癌魔纏鬥的心路歷程，詳情已刊登在民國八十九年六月份的《長庚醫訊》，篇名為〈禮讚長庚醫院骨髓移植病房——兼談我得癌病的治療經過〉，據後來很多不幸罹癌——特別是做過骨髓移植的病友，經人介紹看了此文後獲得相當大的鼓勵。

六年多前我離開骨髓移植病房重返家園，持續做居家護理工作，半年後病情稍為穩定，便偕同愛妻遠離喧擾的城市，搬到山上過著清靜的生活。六年多來身體越來越好，每天都神清氣爽如生龍活虎，很多熟識的親友以及經人介紹來訪的朋友都不敢相信我曾經與癌症搏鬥十年。如今我不僅未被病魔擊倒，反而活得如此健康自在。在山居休養期間所獲得的諸多心得與啟示，實有必要推薦給有志山居生活者——特別是病友們——參考。

早在卅多年前「年少輕狂」的時候，偶然讀到一篇頗富禪意的佛偈，作者姓名、年代已記不得，但偈語至今仍牢記在心。

淨洗濃妝爲阿誰，子規聲裡勸人歸。

百花落盡啼無盡，更向亂峰深處啼。

在少不更事的時候，居然對此佛偈若有所悟，時常想到將來職場退休，總有一天要歸隱山林過著現代陶淵明的生活。可是自軍中退伍後的前幾年，仍存有「老驥伏櫪，志在千里」的心態，汲汲追求名與利，想再開闢事業的第二春。直到在職場上的工作一個不如一個，加上諸多不如意的事情接踵而至，情緒陷入低潮之際，病魔乃乘虛而入。在病入膏肓、隨時有可能向閻王報到，生命的維持僅靠著幾個月一次的化學治療來苟延殘喘之際，在愛妻的提議之下，以及冥冥中似乎聽到亂峰深處子規（杜鵑鳥）的聲聲呼喚，便做了歸隱山林投入大自然懷抱的大膽決定。心想不管還能活多久，只要是在兩次化療中間病情緩解之際，便驅車往北部各山區找尋合適的山林地。經過兩年多的尋尋覓覓，遭受無數挫折，甚至被騙上當，總算皇天不負苦心人，購得一塊滿意的山林地，當時我無懼於生命可能隨時結束，只想著死也要死在大自然的懷抱。

初到山中定居，身體仍然虛弱，本想到山中只是來靜養，能夠呼吸新鮮空氣，散步爬山，蒔花弄草，遠離紅塵俗事就夠了。因此打造庭園舉凡種樹、造景均包給地方園藝人士做，自己只是提供意見及構想。一方面剛做完骨髓移植手術，醫護人員一再警告為避免細菌感染，第一年儘量不要到人多的公共場所，更嚴格禁止接觸動物、土壤及花草樹木。另一方面是根本沒有體力做粗重工作。

誠如施老師後來常向朋友介紹我時所常說的：「當我第一次見到陳先生的時候是臉色發白，嘴唇發黑，連牽狗的力量都沒有，印象特別深刻。」當時我確實是手無縛雞之力，所以打造庭園真是心有餘而力不足。

在請人種樹方面為求早日成林，而選擇中大型樹種移植，總以為大就是美，大才會快，所以花較多的錢。結果林木長得並不好，有的甚至逐漸枯死，不得不承認失敗。而請人造景方面，先做魚池、蓮花池及生態溝，因承包師傅一再保證，百分之百不滲水，所以放心的由他去做。承包師傅將池底以自然野溪方式，以大石塊堆砌，再用水泥填補縫隙，最後再舖放些卵石在上面。結果水池根本不蓄水，經過多次改善未見成效，他只好宣佈失敗，並建議用噴水泥漿改善。我拒絕他的建議，並很不客氣地說：「請你做就是希望以自然野溪方式構建，如果採用噴漿方式，又何必多此一舉。」漏水的水池，擱置半年之久，在接連遭到種樹及造池的失敗後，我並未氣餒，心想依賴別人，解決不了問題，何不自已動手改善。此時身體也越來越好。骨髓移植已滿一年，免疫功能也恢復正常，於是開始自己動手做。

首先在種樹方面，我不再移植大樹，改以種植小樹苗或自己育苗。為使樹苗有良好成長環境，將要種樹的位置先加入客土，再用有機肥料做基肥以改良土壤。照顧種植後的小樹苗就像照顧小孩一樣細心，適時的澆水、除草及定期施肥。事實證明五、六年後的今天，所種的樹木均已成林，有的樹幹已比我大腿還粗。而水池的改善，也費了很大的功夫。我把原來的石塊搬開舖設鋼網自拌水泥封底，再擺放石塊，總算解決滲漏問題。如今看到魚兒快樂水中游，五顏六色不同品種的睡蓮日夜綻放，心中有說不出的喜悅。

就這樣吸取別人失敗經驗，自己用心去改進，反而做的更好，而身體也因此迅速康復，精神與體力很快恢復到生病前的水準，因此下定決心在這一千多坪的土地上，完全以DIY的方式構建自己的理想天地。由於有過重生的經驗，一切都在師法自然、尊重生命的前提下，以園丁自居，希望把庭園構建為眾生平等的生機花園。六年多的努力除了觀賞魚池、蓮花池、生態溝外，還成功建造了香花園、果園、有機菜園、花台、花棚，並種植多樣化低海拔原生樹木、鋪設排水溝及環保停車場等，最有意義的是構建庭園所需的資材大都就地取材。這些工作自然需要付出相當多的勞力與心力，但如今的成果再加上這裡原本就是好山好水的景色，讓所有來訪的友人讚不絕口，一切也都值得了。如今此時此地的景物，大概只有詩僧寒山筆下的詩歌可以形容：

歲去換愁年，春來物色鮮。
山花笑綠水，巖岫舞青煙。
蜂蝶自云樂，禽魚更可憐。
朋遊情未已，徹曉不能眠。

在庭園中有一棵原本不知名稱的高大挺拔的樹木，請教森林系出身的女兒得知是「無患子」樹，使我憶及孩提時阿媽們以其果皮來洗滌髮膚、衣物等，曾為多數人所熟悉並廣泛的使用。很多人好奇這有趣的名稱並追問源由，其實「無患子」指的是無患樹的種子，至於「無患」到底無患何物？古人相信以無患樹幹製成的木棒可以棒殺鬼怪。備有無患棒，則無患鬼魅魍魎，故稱之為「無患」。當我了解這個典故後，就決定把我的「山居」稱之為「無患居」。至於為何取名「無患居」？想來大家一定已知其意，我希望能無患「癌病魔」的糾纏並與之周旋到底。無可否認罹病時有過震驚、恐懼、悲觀、沮喪、憂鬱的情緒，但很快的就平靜地接受事實，恢復理智，勇敢地面對癌病。無患子給我的啟示，還不僅如此。無患子木棒除了可以避邪打鬼，據佛經記載只有菩提子（無患子）製成的唸珠隨身攜帶可滅除煩惱障、業障，帶來無量福報。山居前幾年，我經常到無患樹下檢拾「無患子」做成手鍊、項鍊、唸珠、飾品等，贈予有緣朋友而大受歡迎。

無患子的果皮含有皂素，可直接當肥皂使用或提煉成皂乳，是最環保的清潔劑，可減少化學合成清潔劑對人類及大自然的危害性。而無患子樹葉一到秋天、落葉前呈現一片金黃，矗立在常綠樹中，極為耀眼奪目，是不可多得的景觀樹種。其實它的功用當不止如此。想不到一種很普通的樹，除了在大自然中扮演極為重要的生態角色外，對人類而言還有這麼多的附加價值。

至於人，即使是一個患了重病或重度殘障的人，實在不應自暴自棄，應該勇敢接受事實，發揮生命潛能提昇人的附加價值，不必自怨自艾、消極頹廢，形成家人及社會的沉重負擔。

癌病也是一種心病，我以為身體上的疾病要靠醫護人員的治療，心病則要靠自己去治療。當初罹病時以為自己必死無疑，看了很多醫學報導以及住院病友的印證，得知白血病的病人五年存活率不到五分之一，而骨髓移植的成功率也只有五成左右。而我對抗癌魔已有十年，骨髓移植也已六年多，今天我幾乎已痊癒，我有自信能再活十年、廿年、卅年甚至長命百歲。我要做一個活見證，證明癌症不是絕症，是有可能治癒的。

最後謹借此文向長庚醫院血液科的醫療團隊——尤其是主治醫師郭明宗先生、謝素英老師、尤美雲護理師以及所有照顧過我的醫生護士們致上十二萬分謝意，沒有他（她）們十年來的醫治及關懷、鼓勵、照顧，不可能會有今天康復的我。也感謝愛妻亞菊無微不至的關照，甚至為我辭去工作陪伴我到山上過著清苦的日子。更感謝胞弟正文慷慨捐贈骨髓以及在經費上的支助。

「無患居」隨時歡迎病友及家屬參訪，也希望藉此給一些不幸罹癌的病友做見證與鼓勵。無患居電話：037-823328

生機花園（一）

當我不幸罹患癌症後，在愛妻的支持及鼓勵下，決定到山上隱居靜養。在尋尋覓覓適合的山林地期間，學森林資源保育的乖巧女兒，送一本最實用的參考書給我，書名為《生機花園》，副標題為「與野生動物共享的花園觀」，是由美國著名作家莎拉．史坦因（Sara Stein）女士所作。認真看完這本書後，徹底顛覆我以往錯誤的觀念與想法。

過去從各種媒體上看到歐美國家的大庭園以及晚近在台灣的各式花園豪宅庭院，他們的造園觀是一概把園地先剷平，植被完全破壞，重新以昂貴建材，以各種幾何圖案大量移植外來被修剪成整齊的花草樹木，並鋪上平整大片韓國草坪的花園。構建完成後的確讓人有整齊、乾淨、美麗壯觀、匠心獨具，甚至有震懾人心的感覺，相信大多數人都會跟我有同樣的感受，除了欣羨外也認為唯有如此才能讓人賞心悅目。但看完《生機花園》後才恍然大悟，其實這種錯誤的造園觀，正是完全以人為本位，把整個生態完全破壞，原生的野生動植物也被趕盡殺絕。為了維持美麗的景物又必須重覆不斷使用各種農藥、除草劑、化學肥料，結果花園庭院在光鮮亮麗的表相下，卻不斷上演一個可怕的殺戮戰場。眾生受苦，跟人類息息相關的生態環境被破壞殆盡，人類也跟著遭殃。真讓人懷疑人類文明到底是在進步或退步。對大自然而言，目前的人類文明肯定是場浩劫。

很多不幸罹患癌症的朋友生活規律、飲食正常、無不良嗜好，其中不乏社會菁英，照樣免不了癌病魔痛苦折磨。就算醫學發達的今天，還是連病因都無法找到。在尚未查明各種癌病發生的真正原因之前，我想人類對生態環境肆無忌憚的破壞或許是罪魁禍首。

看完這本書後又陸續看了很多參考書籍如《新世紀農耕》、《有機種植完全指南》與國內漢聲書局出版的《有機報告自然農耕叢書》，以及長期訂閱豐年社的《鄉間小路》月刊中系列報導歐洲，尤其是北德農村建設生態社區成功案例。特別值得一提的是，當我住進無菌病房進行骨髓移植手術與癌魔作最後一線的背水一戰，在生死未卜並忍受高劑量放療、化療及服用、注射各種藥物帶來的漫長痛苦與不適時，利用空閒時間所看的書並不是討論生死或與癌病有關的書籍，反而是為了準備出院後找山林地造園築夢的參考書。我把台大教授韓選棠博士所作的建設富麗農村的系列書籍，帶入病房仔細研究，早把死生置之度外。如今回想起來，真為目前所擁有的山居生活感到慶幸，因為有這些可敬的先知著書立說，影響所及，才使今天這片土地不會因一念之差而遭受到「生態浩劫」。

完成骨髓移植手術出院返家繼續做居家護理，半年後終於如願找到一塊「優勝美地」。四面環山、視野開闊、林木蒼翠、生機盎然，原本地主已建有鋼骨結構的空屋架子，為了經濟考量我們只花了一點錢稍事整修。在骨髓移植滿九個月、身體狀況趨於穩定後，就在愛妻的陪同下住進山居，過著「日出而作，日入而息」自由自在的生活。

對於一個園藝的門外漢來說，剛開始面對這千餘坪的土地真不知從何下手。好在先前已博覽群書，確定不以「人」為中心，而採以土地的原住民——「眾生」——為中心的「天人合一」觀念。

在不斷的邊看、邊想、邊做下，居然也有模有樣，成果不惡。舉凡排水系統、魚池、蓮花池、生態溝、停車場、鋪面、坡崁、花壇、步道、圍牆等均以就地揀取卵石為主要建材，以最環保的方法堆砌鋪設而成，讓很多小動物有生存的空間。至於花草、樹木的種植，也考量以本土原生多樣化的植物為主，並以種植誘鳥樹及供蜜蜂、蝴蝶等昆蟲食物的蜜源植物為優先。當然也有一點私心，偶有引進少數外來以豐富景觀色彩的樹種，其實只要能夠讓生物多樣化，對生態系統有所貢獻的外來美麗花木，也不排斥並視其為「合法住民」。

歷經六年多的大自然園丁生涯，以愛心善待週遭的每一寸土地，如今已擁有生機勃勃，讓親友驚艷、稱羨的美麗花園。很多親友、甚至連我自己都不敢相信罹患癌症與癌魔長期纏鬥，幾乎前腳已踏進鬼門關，竟能奇蹟式地活過來。當然除了醫學進步，醫生的高明醫術外，我的抗癌意志也是可圈可點的，我想這是善待大自然所得到的福報。正如同《生機花園》一書所倡導的「種植自然，收獲生機，大地回饋，豐美健康」。

園丁生涯讓我瞭解大自然，更知性（豐富的植物常識），更感性（對動植物的豐沛情感）。在這裡愛山、愛土地、志同道合的鄰居朋友經常請教及求助於我有關園藝的問題，我都竭盡所能解答與協助，所以贏得「陳博」外號，事實上我是愧不敢當，在環境保護、生態保育方面，我瞭解的實在有限，唯一可取的只是我有赤誠的環保心、生態情。

在五十年代看過由美國一位環保先知卡遜女士（Rachel Carson）寫了一本《寂靜的春天》，描述以美國為首的先進工業國家，為了發展經濟而嚴重破壞大自然，特別是濫墾、濫伐、大量使用農藥、除草劑等，造成生態浩劫，影響所及使春天一片死寂，鳥不語、花不香。台灣當時還未工業化，看完這本書時我還慶幸台灣仍是生機盎然的美麗寶島。但很不幸從六十年代起短短卅多年的時間，台灣也步入先進國家的後塵，為了發展工業、繁榮經濟而犧牲環境，生態遭受到史無前例的浩劫。一些過去常看到的動植物現在很多已經看不到了。生物經過億萬年的演化，蘊育了永續浩繁的生命，曾幾何時，我們週遭的生物很多已滅絕或瀕臨絕種。

四十年代的我有過與大自然親近的快樂童年，目睹眾多精靈在大自然的舞台做謝幕前的表演。但我們後代子孫何其不幸，如今大多數的精靈是永遠無法再見到了。因為人為的破壞，牠們是多麼無辜、無奈又無助，一個物種接著一個物種在地球上消失了。

在「國家地理雜誌」、「Discovery」電視頻道中看到了精彩的動植物節目，只可惜都是播放國外少數棲地未遭嚴重破壞的野生動植物，至於本土的節目當然是乏善可陳。諷刺的是，近幾年來動物園由國外引進的無尾熊及國王企鵝，牠們的一舉一動都成為媒體寵兒、舉國注目的焦點，動物園也因而擠進暴滿的人潮。無尾熊生個小寶寶，或是無尾熊媽媽經驗不足讓小寶寶夭折，或國王企鵝生了孵不出小企鵝的「壞蛋」，都引起全國關愛的眼神。最近大陸的貓熊、金絲猴是否能到台灣，更是吵得沸沸揚揚，演變為政治攻防。還有更可笑的是漫畫角色「凱蒂貓」、「加菲貓」在速食業者推波助瀾下，玩偶造成轟動，民眾大排長龍搶購，甚至連八十多歲老翁也加入排隊行列，為的只是附贈一隻沒有生命的「凱蒂貓」。一時之間，相關產品都大賣。甚至有年輕人以收藏為樂。真讓人不得不懷疑我們社會是生病了，而且是病入膏肓。誰來關心屬於我們本土豐富林相所孕育的尚有為數不少的小精靈？我們可曾投以關愛的眼神，拯救其瀕臨絕種的命運，讓碩果僅存的生命能永續繁衍。

地球生病了，而且也得了嚴重的癌症，人類就是地球的癌細胞，正逐步啃噬大自然，讓億萬年孕育的生命一個族群一個族群滅絕。人類再不痛下決心拯救，也許將來不只是「寂靜的春天」而是成為一個「死寂的星球」。環境保護是不分國界的，因為我們只有一個地球。

很慶幸這幾年在台灣有很多理念相同、愛大自然、愛台灣、愛鄉土的有心人士推動下，環保觀念已經推廣開來。我們是該認真反省、沈思的時候了。至於如何拯救是每一個人都做得到的，也是我們責無旁貸的重大責任。減少一份人為破壞，還給大自然一片淨土，善待週遭土地與眾生，大地才有希望，人類才有美麗的家園，眾生才能生生不息的延續生命。

生機花園（二）

很多鄰居朋友看到我寫的〈生機花園〉，非常認同我具有自然生態的造園觀。他們在買地後，原本的理想也是尊重自然，儘量保持原貌來打造庭園。但說實話為了賣相，土地早已被無知的業者開發破壞。當他們來訪請教，如何打造「生機花園」時，我很直接又簡單地跟他們說：「讓大自然去經營處理就好了。」這種說法很多人認為說了也等於沒說，很難被接受。

我很佩服鄰居林子寬夫婦，他們認為屋後大片密生在陡坡上的桂竹林，因屬淺根性，不利山坡地水土保持，遇豪大雨山區常有大面積桂竹林的山坡滑落，造成災害。於是他們夫婦在購地後，即以小面積逐次砍伐竹林，讓原本生長在竹林下的原生樹木，因為有了足夠的日照而快速成長。沒多久他們請教我已成長為樹林的樹種。當我去參觀後令我好驚訝！我所認得的有樟樹、紅楠、香楠、杜英、烏心石、山胡椒、九芎、烏皮九芎、樹杞、烏桕、木薑子、江某、杜虹、山桂花、華八仙、山黃梔、柃木、山漆、桑樹、木芙蓉、野牡丹、燈稱花……等，都已比我人要高，假以時日它們都將成為優勢大喬木林及灌木叢的植被，樹木的根會牢牢抓住坡地，讓他們坡下的木屋安全有了保障。

而且原生樹種幾乎都是招蜂、引蝶、誘鳥的樹種，我讚美他們夫婦不花錢、不費力、不破壞生態環境，就有這麼好的成果。

不到三、四年時間，他們在綠意盎然環繞的住家中，即可欣賞在花間穿梭飛舞的蜜蜂、蝴蝶，以及在樹林中快樂歌唱的鳥兒。他們夫婦讓大自然去營造的生機花園做法是最值得向新來的鄰居們推廣的。

想遠離塵囂、擺脫都市水泥叢林的桎梏，到鄉間或山上過著靜謐安詳的日子，是很多人的夢想，但是在擁有土地後，當然不可能接受把土地讓自然去經營處理的觀念，否則何需花錢買地。

因為沒有人為經營管理，令人頭疼的雜木、莠草（其實這是人類主觀的鄙視、憎惡，草木有靈必會向人類抗議，它也是眾生之一，在生態系統上，也是善盡其責任的良民。「眾生平等」、「生命無貴賤」，人類無權將它逐出花園，剝奪它的生存權。）幾個月後絕對長得比人還高，屆時進出困難，活動空間受限，且蚊蟲肆虐、蛇鼠出沒，山上居就大不易了。當然為圓山居夢的人，不會願意受這種罪。

因此，要打造生機花園，必先建立正確觀念。上篇文章提到《生機花園——與野生動物共享的花園觀》是值得推薦的一本好書，這本書一再強調無論對園藝內行或外行，動植物才是土地原來的主人，因此園丁在經營土地時，應本著尊重自然，與它們共享共榮美好的環境。

觀念建立後，如果還是不知道如何開始著手打造花園，我想可以先劃分不同的生態區塊，如森林區、小喬木及灌木叢、水池、生態溝、濕地、草坪、花壇及房舍等。謹就本人造園經驗提供一點心得如下：

◆ 森林區：

這方面我得天獨厚，大自然早就打造經營，等著我來共享。我的土地周邊及視力範圍所及的山坡上，都是次生林及夾雜少部分在陡坡上的原始林。

台灣在六、七十年代以後，由於煤礦與伐木業因全面禁止開採及砍伐而沒落。隨著台灣經濟快速起飛，新興工業區在大都會周邊不斷興起，靠山吃山的原住戶紛紛遷離，山區土地還給大自然經營。經過二、三十年的休養生息，大自然早已把這裡打造成林木蓊鬱、生機盎然的自然公園。居住其間有置身深深綠意、濃濃鄉情的德國「黑森林」民居之感。

◆ 小喬木及灌木叢區：

我將土地區分數個小喬木及灌木叢區，將外圍的森林與庭院內的草地、水池、花壇與住家串連成帶狀分佈。種植包括讓滿園馨香，令人陶醉、提振精神又能吸引蝴蝶飛舞、蜜蜂穿梭的香花植物如桂花、山黃梔、玉蘭、辛夷、洋玉蘭、含笑、緬梔、茉莉花、鶯爪花、香水樹、玫瑰、七里香、馬茶、野薑花、月桃花……等等。又為了吸引鳥兒來造訪歌唱，將牠們最愛的果樹如楊梅、杜虹、狀元紅、李子、桃子、櫻花、西印度櫻桃、李氏櫻桃、桃金孃、蒲桃、木瓜、枇杷、蕃石榴、胡頹子、杜英等等種滿小喬木與灌木叢區。

◆ 水池生態溝與濕地：

我將細水長流的山泉水，不靠動力運用天然高低落差的壓力引入，依序注入興建的魚池、蓮花池、生態溝與濕地。

魚池放養不同種類的本土魚類。在池邊觀看自由自在的魚兒水中游，成為家人最快樂的時刻。其中「蓋斑鬥魚」是瀕臨絕種的保育類魚種，在這個不受污染的環境下繁衍迅速，是最受歡迎的魚種，也是鄰居朋友們最熱衷索要飼養的魚種。

魚池的滿水會流入蓮花池，豐富的有機質成為滋養分別為白天與夜間綻放的各色睡蓮，其中亦有保育類的台灣萍蓬草及台灣杏菜。來訪親友於用餐時刻，只要透過眼前的落地窗，就可欣賞池中美景及秀色可餐朵朵美麗的蓮花，這是花錢也難以買到的頂級享受。

蓮花池更是兩棲動物——蛙類——的最愛。每當春暖花開至炎炎夏日，各種不同品種蛙鳴聲此起彼落，好不熱鬧。

記得有日施老師等朋友來訪，正當「開軒面場圃，把茶（因為我們不喝酒）話桑麻」之際，池中十多隻的蛙鳴聲，居然和我們比賽音量，蓋過我們的說話聲，談話常常被中斷，氣得我不斷拍打池水，要牠們噤聲。雖然換來短暫寂靜，不久後牠們又發出更大的鳴聲，我們只好認輸。其實又何必，站在蛙類的立場，牠們正在進行情歌求偶擂台大賽，干卿何事！牠們的愛情進行式可比人類文明多了，人類不懂情趣不會欣賞也就算了，實在不應該粗魯地攪亂一池春水，破壞牠們的好事。

◆ 生態溝與濕地：

生態溝與濕地可以讓很多小昆蟲及兩棲爬蟲如青蛙、蜻蜓、豆娘、螢火蟲等等得以棲息、繁衍。經過幾年的努力，這裡的螢火蟲數量逐年快速增加。每年四月下旬至五月初是螢火蟲的高峰期，以成千上萬來形容並不為過。人在家中坐，就可欣賞窗外繁星般的點點螢光。

每當山上油桐花盛開時，也是螢火蟲出現的季節，來觀花賞螢的客人絡繹不絕，對這裡的生態環境更是讚不絕口。因此也得到一個經驗，復育環境遠比復育螢火蟲來得正確及經濟有效。

◆ 草坪及花壇：

多數人會因為羨慕被管理修剪得整齊美觀、清爽開闊、綠意盎然的大片韓國草皮或其它外來草種，而想在山區庭園種植。其實韓國草在山上根本不適合，每年有兩三次的嚴重蟲害，將草根啃食而形成一片枯黃，於是不得不斷地噴灑殺蟲劑。而草坪上雜草不斷冒出時用人工拔不勝拔，最後又要依賴殺草劑。嗚呼！草坪上不斷上演殺戮戰場，還談什麼生機。

本土草種如兩耳草等，就比韓國草強多了，不但不會嬌生慣養，並且野性堅強不怕踐踏，而且在其覆蓋的土壤之下有各種小動物活動空間，牠們不斷將土壤活化。如果善加管理照樣可以成為人人稱羨的美麗草坪。

花壇的建造也必需考慮小動物棲息的空間，多條孔隙，也可將多餘的雨水滲透掉。

◆ 房舍興建：

在山上打造一個夢想中的農舍，是我生病後一直的盼望。遍尋各種參考書籍，最後台大韓選棠教授所倡導的「綠房子」為我建屋的首選。

後來經過很多挫折，難以實現。說明白點，根本沒錢可建。只好因陋就簡，將原本就有的呆板雜亂、為人詬病的鐵皮屋進行改造。先將窗戶加大，讓空氣充分流通並增設透明落地窗，在室內就能欣賞屋外的美景。將鐵皮牆壁加寬並在頂端預留空隙，使空氣可以在壁內對流，讓它成為可以呼吸的房子。另在原有的鐵皮屋頂再加上一層不鏽鋼琉璃瓦，因其附有一層厚的泡棉，既可隔熱又可隔除雨天叮叮咚咚令人心煩的吵雜聲。最後再以原木裝潢美化室內空間，讓家中一樣可以感受到木屋的溫馨柔和與樸實的感受。

最後以生態觀念進行鐵皮屋外之綠化，讓它融入大自然中。如此打造讓來訪親友無不讚譽有加，鐵皮屋居然可以住的很環保。

經過山居六年多的經驗，可以很自豪地說我所敝帚自珍的鐵皮屋，至少在節能方面比RC結構及木屋涼快多了。炎炎夏日，不需冷氣就可以住得很舒適涼爽。更何況鐵皮鋼材是最環保及完全可以回收的建材。

除以上劃分區塊說明外，其他必要的設施如：坡崁的構建在山區是免不了的，我將可以形成自然緩坡的坡地任其草木雜生，或種植花草樹木，以植被來保護水土。在過於陡峭必須做擋土牆的部分，也考慮與景觀融合，並兼顧排水功能及動植物棲息與生存的空間，而使用石塊、卵石等材料疊砌而成。道路、停車場及必要鋪面方面也採用天然石塊鋪設，加強其滲水降溫與綠化功能。

以上是個人在山居歲月中打造「生機花園」的實際經驗，提供給有意築夢桃花源的讀者參考。

草木有靈，人心有情

六年多前購買這塊土地時，除了週邊少數保留的原生大樹外，其餘都已被開發破壞。為了早日實現生機花園理想，在初步規劃後，便把庭園的生命主角——植物，做有計劃的植栽。首先考慮每種植物的特性——如屬於陽性或陰性樹種、土壤PH值、肥沃與貧瘠、濕度以及風力影響等因素。不論移植樹苗或採種培苗，舉凡澆水、除草、施肥、定植，支撐固定及必要修剪，均付出極大愛心及耐心，就像呵護嬰兒般小心翼翼。每當種死一棵樹，就會傷心好久，但也因此吸取很多經驗教訓。

經六年多的努力，庭園內各種植栽的花草樹木，正以驚人的速度成長，如今已欣欣向榮。尤其在初春及仲春季節，各種樹木忙著抽芽，草坪已是綠油油一片，百花怒放，面對此情此景，心中的意念及感情也跟著豐富起來，不時吟唱古人歌頌大自然的詩句。資質魯鈍的我，沒有什麼文采，但拾古人牙慧又何妨。尤其大病重生，歷經多年努力，看到如此美景，能藉詩文與古人神交，心靈與之共鳴，不也十分詩情畫意。

記得在一個隆冬季節，接近黃昏的日子，植樹工人把我訂購的老梅樹用吊車載到山上種植。我選擇把梅樹種在魚池和蓮花池一隅的斜坡邊。種植完成，天色已暗，一輪明月正高掛天空，光禿的老梅枝幹映入魚池隨波搖曳。我並沒有刻意選擇植栽時間及位置，想不到種完後看到水中倒影，觸景生情使我想起宋朝詩人林和靖的千古絕唱詠梅詩：

眾芳搖落獨喧妍，佔盡風情向小園。
疏影横斜水清淺，暗香浮動月黃昏。

霜禽欲下先偷眼，粉蝶如知合斷魂。
幸有微吟可相狎，不須檀板共金樽。

我喜歡梅花，不只因它是國花，梅的枝幹蒼古，姿態清麗，歲寒開花，芬芳撲鼻，古詩人最愛吟詠。所以在買地建屋後，現有積蓄已幾乎用罄，仍咬牙買下一棵所費不貲需合抱的老梅樹，只因誤識以梅為妻的林和靖。如今這棵生機盎然的老梅樹，每年以撲鼻的芬芳、茂密的新葉、蒼勁的枝幹給我最好的回報。

不久後女兒買了由林業試驗所生物系主任潘富俊博士所著《詩經植物圖鑑》、《唐詩植物圖鑑》二本研究古詩人歌詠植物的書籍。閱讀之後，真有驚艷之感，原來在我們週邊很多花草樹木都是古人取譬吟詠的自然之歌。

庭園中初步統計叫的出名稱的原生木本植物近三百多種，加上視力所及範圍內的植物種類更多，其中很多是古詩人引喻的植物。當我向來訪友人做植物介紹解說時，常喜歡加入與先民習習相關的生活典故與古詩人引喻，常讓來訪客人感到意外驚奇，原來植物解說可以這麼豐富有趣，不啻為一趟大自然知性與感性之旅。

每當我到以標榜生態教學為主的公園、植物園或爭取政府經費補助的私人生態園區參觀時，看到所製作的植物解說牌，就難免感到失望，大多是千篇一律的簡單介紹，除了粗淺的認知外，並不能引起人們的興趣。我不知道主管單位為何不多花一點心思，讓這類活動兼具研究與教育功能。對大自然不瞭解，就不會有愛心及關懷。

我一直以為只有古典文學作品才有歌詠植物、將其融入生活感情、膾炙人口的絕妙好詞。直到施老師給我一本詩人畫家席慕蓉女士所著《七里香》詩集，其中「七里香」、「一棵開花的樹」讓我有莫名悸動，不料我一直不感興趣的新詩，以植物引喻的描述竟會有這麼豐富的感情：

七里香

溪水急著要流向海洋，
浪潮卻渴望重回土地；
在綠樹白花的籬前，
曾那樣輕易地揮手道別；
而滄桑的二十年後，
我們的魂魄卻夜夜歸來；
微風拂過時，
便化作滿園的郁香。

一棵開花的樹

如何讓你遇見我
在我最美麗的時刻　　爲這
我已在佛前　　求了五百年
求祂讓我們結一段塵緣
佛於是把我化作一棵樹
長在你必經的路旁
陽光下愼重地開滿了花
朵朵都是我前世的盼望
當你走近　　請你細聽
而當你終於無視地走過

在你身後落了一地的

朋友啊　　那不是花瓣

是我凋零的心

其中「一棵開花的樹」用來形容社區滿山遍野的油桐花再恰當不過。施老師在演講時或私下聊天時常以油桐花勉勵失意的人，其實人世間值得留念關愛的事物太多，何必「為情所困」。

曾經問學森林資源保育的女兒，森林資源保育到底是保育動物或植物呢？她說森林孕育的動植物當然都是保育的範圍。不久前參加苗栗自然生態保育學會舉辦的研習，曾經有老師問及「動物保育」及「植物保育」孰重，與會學員答稱「都重要」。老師答覆固然兩者均重要，但植物保育應該更為重要。因為只有森林植物能生生不息生長，動物才能繁衍綿延，永續生存。台灣位在亞熱帶地區，終年高溫多雨，地形高度變化甚大，孕育了種類繁多的森林，可惜日據時代及光復初期很多珍貴樹種被砍伐殆盡。好在環保意識高漲的今天，很多有識之士開始覺醒，唯有創造一個人類與所有生物互利共生、資源共享的生態環境，才能讓人時時都能體驗與大自然相遇的樂趣。

我最佩服林業試驗所台北植物園從詩經植物中將屬本土及適合生長的七十種植物依「風、雅、頌」次序展示於園區並做詳細說明，引領參觀民眾彷佛走入時光隧道，一窺古人的喜、怒、哀、樂，讓自然科學、古典文學與先民智慧結晶融為一體，是一趟能讓人自然地體驗到草木有靈、人心有情的知性與感性之旅。

以糞蟲精神讓頑石點頭

當我寫這篇文章之前，先把篇名告之愛妻，她先是嗤之以鼻，經我說明後，不覺莞爾一笑。我想讀者也會一樣感到訝然，糞蟲居然還會給人精神啟示，讓頑石點頭。

不記得是多久以前，曾經看過電視對昆蟲生態節目的報導，主角就是糞蟲。糞蟲是一種會搬運糞便的甲蟲，正式學名是屬金龜子類的犀牛龜，在《自然圖鑑》一書中有詳盡介紹，但很遺憾在台灣並沒有這種昆蟲。雄雌糞蟲會共同合作把牛、鹿、馬等動物的糞便先弄成數個球狀，每個糞球無論體積與重量都超過自己數倍以上，然後一個個以倒立的姿態用後腳滾動糞球，搬到地底巢穴，然後雌糞蟲在每個糞球產下一個卵，經二至三個月後卵在糞球內孵化成幼蟲，幼蟲在糞球內吃糞成長，變成蛹經羽化後從地裡鑽出地面。

自從搬到山上定居後，為了做景觀造園，自然石頭成為最生態環保的施工材料，也是最經濟與最容易取得的，這是大自然的恩賜。於是只要造園或是鄰居朋友有需要，就會開車到河床搬運，到目前為止已持續五、六年不曾間斷。

應該是一種良性循環吧，剛做完骨髓移植手術半年後搬到山上，起初能搬動的石頭頂多十幾公斤，而且搬不了幾個就體力不濟。爾後搬多了體能狀況就越好，也就越來越貪，搬的石頭越來越大，對石頭的要求標準也越來越高，尤其是可以造景的美麗奇石。而河床中畢竟大多經河水千萬年來不斷沖刷滾動而成的鵝卵石，要想找奇石可不容易，若有幸找到，在見獵心喜下當然想揀回去，但大多數石頭距離河岸很遠，有的甚至超過百公尺以上，而且有的重達百公斤左右。當下定決心滾動後，往往累得氣喘呼呼，滿頭大汗，不到幾公尺就要休息。眼看要推到岸上，還是遙遙無期，就算辛苦滾上岸邊，如何搬上車，那才是最困難的。每次遇到這種狀況，常有興起放棄的念頭。想來真是何苦來哉，好好的悠閒日子不過，到河床揀這些笨重的石頭，而且不小心還會扭傷了腰或軋傷手指頭，得不償失。而那種滾動的動作，不就像極了一隻糞蟲在滾動糞球一樣的滑稽可笑，不同的是我頭朝前用雙手向前滾動，而糞蟲是頭朝後以倒立方式用雙腳向前滾動。我笑糞蟲滑稽，糞蟲也會笑我癡呆，真是難兄難弟一對寶。

可是想到糞蟲，我精神又來了。跟糞蟲比較，那糞蟲足夠當我的老師而無愧，牠不但要滾動比自己大而重的糞球，而且遇到挫折從不畏縮。曾在影片看到，糞蟲滾動糞球上斜坡常因糞球太重或因坡面土石鬆軟滑動，重心不穩無法立足，糞球又滾了下來，但牠卻從不灰心氣餒，一次又一次地向上滾動，直到成功為止。千萬不要把牠看成只是個「逐臭之夫」，牠可是最善於利用自然資源——動物糞便——來繁衍的，是自然界的清道夫。

相較於人類對大自然肆無忌憚的破壞，對其他物種甚至不同種族的人趕盡殺絕，以及對自然資源的強取豪奪直至枯竭，又在自然界永無休止的製造殺戮戰場，糞蟲對大自然的貢獻可比人類高明又偉大多了。

六年多來，從河床揀回的石頭，都隨揀隨做，並按順序先依大雨之排水狀況在園地上做好排水溝，接著對坡度較陡有坍塌可能的斜坡砌坡崁保固，將有關安全的水土保持，列為當務之急。因為土地開發及仲介業者，幾乎將所有能夠出售的土地，為了賣相及討好不知情的客戶，把原來植被剷除改變地形地貌，破壞水土的結果當然也就造成諸多的安全顧慮。他們為了降低成本支出，這些最重要的基礎工程，是不會去做的。他們甚至向客戶保證絕對不會有安全上的問題。

就有這樣真實的例子，客戶買完土地甚至在蓋好別墅後，還來不及享受跟土地、別墅談戀愛的蜜月期，就在颱風豪大雨的肆虐下土地被沖刷得面目全非，蓋好的房子也被大水沖垮，看到眼前殘破景象，一生積蓄全泡了湯，真是欲哭無淚，無語問蒼天。

等水土保持工程確定不會有問題後，我才開始以較平的石頭做道路及停車場地表的滲水舖面，然後再砌石圍牆讓庭園有裡外之分，避免毫無禮貌的不速之客隨便闖入。

為了吃出健康，我開闢了一塊菜園種植有機蔬菜。原有的礦場廢炭碴土地寸草不生，要想變成為肥沃有機菜園，首先必需全面客土改良，石頭也成為最好的圍邊資材。廚餘則是最好的有機肥料來源，自然石頭又成為砌廚餘堆肥場最好利用的材料。

雖然我極端厭惡日本人，可是又不得不佩服日本人。尤其在山居歲月，看盡各類世界庭院造景書籍，值得學習的只有歐式造景，特別是北德的造景以及日式居家庭院，而後者更是令我醉心而欲模仿的。日式庭院也只不過是把土地、花草、樹木和石頭（塊）以及有限的簡單素材作人工化的組合，將人和大自然融合為一體，在小小庭院中發揮得淋灕盡致，讓人感受特有的恬靜和諧與精緻幽雅。其實日式造園也是傳承於中華文化的景觀造園，想想我們台灣，真是令人汗顏，號稱「福爾摩沙」，處處好山好水，不思好好珍惜，只要有開發，就有破壞，甚至到萬劫不復地步。難得看到的庭園景觀不是表現財大氣粗，匠氣十足，就是庸俗不堪，真正讓人賞心悅目的還真不多。再想想日本好山好水的大環境，絕對比不上台灣，可是他們打造小小的庭園之美，彷彿是一個風雅的小宇宙，融入日常的生活中。

日式庭院土地、花、草、樹木以及有限的簡單素材，在我的庭園都不是問題，就是石頭我擺不出他們的韻味，買了很多日式庭院造景書籍參考也無濟於事，總覺得俗不可耐。畢竟自己是個粗俗之人，也不是學庭院設計的。在造園遇到瓶頸。實在難以突破之時，又到書局購買好多參考書詳細研究。心想我揀的奇石，絕不比他們差，為什麼就做不出品味？糞蟲精神又有新的啟示，在勇於嘗試下，大不了失敗再重來。如今庭院最起碼自己看了還滿意，也可唬唬外行人，至於行家如何取笑那是他們的事了。在我的感覺「瘌痢頭的兒子是自己的好」。我把這些冰冷、無情、笨重的石頭，費九牛二虎之力從河床搬回來，然後到處找參考書籍與參訪取經，一次次失敗再重來，才有今天的成果。

如今這些冰冷、無情的石頭依它們的特性擺放完成，種完植栽後，像是有了新的生命及靈氣，越看越覺溫馨和親切。每當在觀賞美景凝視著石頭時，發現石頭以特有的韻味和動人的表情跟我回應，真所謂「我見石頭多嫵媚，石頭見我亦如是」，這豈不是糞蟲精神能讓頑石點頭嗎？

人稱簡董的山上鄰居，看到我經常揀石頭造景，總是心癢癢，躍躍欲試，可是他只有放假才到山上，又怕自己體力不夠，或腰骨受傷不敢輕意嚐試。有一次先帶他到河床邊被大水沖垮的消波塊上救回一棵杜虹樹頭，在庭院種完後他越看越喜歡，等抽葉後我將為其嫁接日本天珠，那可是日本人的最愛。然後我慫恿他，美麗樹頭要漂亮的奇石來造景，於是他跟著我到河床揀奇石，帶回擺放後，果然展現不同韻味。從此他滿腦子的石頭，不斷向老婆嚷嚷還要去揀石頭造景。另外很多山上鄰居看到我的成果，也希望帶他們去揀石頭。看來石頭的魅力無窮，又有一堆鄰居想學習糞蟲的精神。

回想從前個性剛毅冥頑、食古不化，特別以在軍中廿多年為最。說好聽點是擇善固執，但在別人眼裡看來就像糞坑石頭又臭又硬，讓人無法消受。自己又何嘗不是一顆頑石。我不敢說這是罹癌原因之一，最起碼有這種不好個性絕對是幫凶。自從罹癌後到山上定居，心性經長期沉靜、反省到蛻變，對人生有更深一層體認。

糞蟲精神，不但鍛練好我的身體，也改變我的觀念，更美化我的庭院，讓生機更為盎然，也讓來訪親友——特別是一些經介紹來請教的癌症及重病朋友——感到驚訝與不可思議。曾經是癌末病人的我，居然可以活的這樣健康自在。這豈不又是糞蟲精神，讓我這個「頑石」點頭。

「糞蟲」這個不雅的稱呼，以及原先在您心中「逐臭之夫」的地位，如今應該提高了吧！牠的精神，是否也讓您感到佩服呢？附帶一提，在古埃及人眼裡，這種昆蟲以糞便作成的圓大球可是代表著世界，而把牠們當成是太陽神的護符，是一種神聖的生物呢。

發現台灣原生植物之美

結束執干戈以衛社稷捍衛國土生涯，歸隱山林後又投入執鋤頭、圓鍬在庭園種植，並在社區盡力推廣種樹以保衛國土的工作。社區成員大多來自都市，對庭園規劃的主角及視覺焦點——樹木，多半不知如何種植，於是協會舉辦了「如何營造生機花園講習」活動。在蒐集資料期間，發現在九十二年十月號的《鄉間小路》曾刊登一篇文章，摘錄如下：

森林變奏曲

請給我們擎天巨木
能捍衛國土的真正的樹
能遮風蔽雨　　守護家園的棟樑
枝奮力向上伸展
迎接藍天　　抗議污染
根緊緊向下抓住
擁抱土壤　　迎戰洪流
葉熱情四方搖動
玉立高山　　行俠江湖
我們是宇宙的不朽情詩
寫在這顆美麗的星球
我們是銀河的動人情歌
吟唱在這片有情的土地

我們是時空的迷人舞步
跳躍在這福爾摩莎
地球請不要留白我們
人類請不要遺棄我們
我們的名字叫森林
人類永遠的好朋友

好壯麗的一篇禮讚森林的新詩，於是我把它列入研習教材，成為寶貴的教學資料。

住進山區開始種樹前，就先博覽群書，並向專業或先進同好請益，無論選擇樹種及種植技術，均獲得很多寶貴知識與經驗。

我一直感到很奇怪，台灣有太多優良的原生植物，但舉目所見的行道樹、公園綠地、庭園種植的樹種，很多是既不美麗又無特殊功能的外來樹種。

由於台灣西部大平原、丘陵、台地以及各縣市淺山地區早期因過度開發，原生優良樹種幾乎已被砍伐殆盡，但在偏遠山區或未遭人為破壞地區尚有為數甚多的優良樹種，亟待開發利用。於是我盡可能把它們列入我庭園的主角與視覺焦點，讓我的庭園有更多樣化的林相，隨著季節變化展現萬千風貌，成為人與野生動物共榮共享多采多姿的自然花園。

曾有很多來訪客人要我作園區植物解說，也有很多同好來請教如何種植庭園樹種，我總盡我所知誠懇相告。為使這個理念能夠推廣，實有必要介紹台灣原生優良樹種給有志尋找夢土、打造理想桃花源的朋友參考。

樟樹

樟樹是台灣最受歡迎的庭園及行道樹種。屬常綠的陽性樹，全株具有香味，是吉祥的象徵。台灣可以説是樟樹的王國與故鄉。從早期荷蘭人、日本人到光復初期的政府均大量砍伐樟樹以提煉樟腦丸、油。台灣產樟腦曾為世界之冠。樟樹的木材則為優良的彫刻建築及家具用材。全台各地至今仍有為數甚多、百年甚至千年彌足珍貴的老樟樹。在「土地公」庇佑下被妥善保護和照顧。

樟樹樹幅大，遮蔭效果好。你可知道它為什麼叫樟樹嗎？因為樟樹的木材經加工後，可以清楚看到很多美麗的「紋章」，所以在「章」字旁加上木字，讓人永遠讚美懷念。

茄冬

茄冬又稱重陽木。茄冬樹幅廣大，是夏日遮蔭休憩納涼的好處所。它的樹幹粗大，常有瘤狀突起，雄壯崢嶸。台東卑南的茄冬行道樹林是世界級的綠色隧道，而台北市很多茄冬行道樹，也儼然成為參天巨木，形成壯闊的綠色走廊。

楓香

楓香是秋季紅葉植物的代表，天氣越冷顏色越深，富詩情畫意，為古詩人所偏愛。

張繼　「楓橋夜泊」

月落烏啼霜滿天，江楓漁火對愁眠。

白居易　「琵琶行」

潯陽江頭夜送客，楓葉荻花秋瑟瑟。

杜甫　「寄柏學士林居」

赤葉楓林百舌鳴，黄花野岸天雞舞。

楓香，樹形粗壯挺拔，雄偉壯闊，是長壽樹種，生長速度快，生性強健耐強風吹襲。

青楓

青楓散生全島的中低海拔闊葉林中，在秋冬時節，葉片會轉為黃色或紅色，是優良的原生景觀綠化樹種。一般人「青楓」與「楓香」不分，或以錯誤的分辨方式如掌狀五裂為青楓，三裂為楓香。正確的分辨方法是：青楓葉片對生，楓香是互生。青楓果實為翅果，楓香果實為多數的蒴果之頭狀聚合果，球形。
無論青楓與楓香均是台灣固有品種，都是值得推廣以豐富景觀的優良樹種。

楊梅

楊梅原本在台灣全島平地至山麓遍生，由於過度開發現已不常見。桃園的楊梅鎮即因此樹甚多而命名，可惜楊梅鎮原生楊梅亦已不多見。就如同桃園已無桃花園，芎林已無九芎樹林一樣。
楊梅代表揚眉吐氣，步步高昇，是吉祥樹種亦為極耐貧瘠的樹種。楊梅的枝葉濃密茂盛，樹型自然美麗，因根部有根瘤菌共生，製造氮肥，故不施肥、不修剪，也不必做病蟲害防治下，放任其自然生長，均可獲得很好成果。成熟時果實深紅色，有如紅寶石掛滿枝頭晶瑩剔透，味甜或酸甜。《本草綱目》記載「楊梅可止渴、和五臟、能滌腸胃、除煩憒惡氣」。
楊梅同時也是很好的誘鳥樹種，初夏果實成熟時，常引誘各種鳥類來覓食，樹旁頓成近距離觀賞鳥類（尤其是色彩美麗的五色鳥）最佳場所。
楊梅也是最受古人喜愛食用讚美的果實，例如：

李白

玉盤楊梅爲君設，吳鹽如花皎白雪。

蘇東坡

閩產荔枝，西涼葡萄，未若吳越楊梅。

台灣肖楠

台灣肖楠原生在中北部從三百至一千九百公尺山區，是台灣針葉樹種中最能適應低海拔的樹種，與紅檜、台灣扁柏、香杉、台灣杉合稱台灣針葉五寶。肖楠的材質密緻、紋理美麗、有香氣，是檀香的代用品，故有台灣檀香之稱，為優良彫刻、建築與家具用材。台灣低海拔原生肖楠在日據時代最先被砍伐利用，爾後才向深山砍伐更珍貴的檜木。台灣低海拔原生肖楠現已不多見，多為人工栽培推廣。
肖楠樹形為闊圓錐形，自然美麗，不需修剪，蟲害甚少，生長速度快，適合做大型樹籬或庭園景觀樹種。

烏心石

烏心石顧名思義，樹材中心為黑色，而且其堅硬如石，是原生的闊葉一級木，為建築及家具用材。烏心石所製成的切菜砧板，因材質密緻、不起碎屑而最受歡迎。

淺山地區烏心石大材因「材怕名貴，樹怕出名」早已砍伐殆盡，目前尚有直徑廿公分以下之烏心石散生在樹林中。樹勢高大茂盛，花朵芬芳，仲春時節樹下落花片片，生長快速，是庭園景觀優良樹種。

櫸木

屬落葉大喬木，櫸木之名源自李時珍所言：「其樹高舉」，係讚美其高大挺舉。櫸木落葉時樹形像極了倒立竹掃把。

櫸木一名雞油，係指其木材刨光後像塗了一層滑潤雞油而名，是建築家具好材料。可惜日據時代被大量砍伐，運回日本成為製作地板的上品，目前低海拔的大樹已不多見。

櫸木生性強健，成長速度快，抗風耐貧瘠，壽命長，是極佳的庭園樹種。

榔榆

與櫸木同為榆科，落葉中至大喬木，木材紅褐色，俗稱紅雞油，較雞油更為名貴。本省中、南部較多，樹形與櫸木相似，樹皮不規則雲片狀剝落，甚像一幅美麗的天然繪畫，極富觀賞價值。在中國自古即為重要經濟樹種，果實可充飢，可釀酒，嫩葉可充當蔬菜，柔軟嫩皮可搗碎磨為麵，是濟荒食物，也是吉祥樹種，代表「年年有餘」。

九芎

古人稱其「樹無皮」，亦稱「猴不爬」，每年脱皮一次，由新樹皮撐開老樹皮後脱落。先民在開墾台灣時，九芎是重要的水土保持工程樹種及薪炭用材。其木材所製成的木炭，不會生煙，火力旺，曾是富有人家採用的高級木炭。以九芎段木在崩塌土地打樁，保持濕潤，極易生根發芽。九芎可以説與台灣先民生活習習相關。

九芎樹型美麗，與紫薇同科，在園藝上近年來常有以九芎樹頭嫁接紫薇，開花時老樹頭配上各色紫薇怒放，令人讚賞。冬天落葉時遇乾冷氣候，滿樹紅葉，落葉後全株枯禿一片蕭條，而在仲春抽芽後，生長快速一片翠綠，優雅美觀。

土肉桂

土肉桂分佈在台灣全島低海拔闊葉林中，唯因過度開發，目前野外族群日漸稀少，唯園藝栽培數量仍多。全株具有肉桂香氣，可提煉精油。中藥的桂皮乃取自樹皮加工而成。土肉桂生長迅速，無病蟲害，甚少落葉，枝葉繁茂濃密終年常綠，是綠化庭園、行道樹及大型樹籬最佳樹種。

台灣五葉松

常綠大喬木，喜生長在陽光充足的山脊上，是非常適合生長在低海拔的針葉樹種。五葉一束故稱五葉松，近年來很多人將嫩葉加水果或蜂蜜打成汁，是很好的保健飲料。因樹形高大，枝葉茂密，是山區造林及庭園觀賞樹種，也是盆栽的良好樹種。

杜英

杜英是常綠樹種，葉片在掉落前，會轉成紅葉，高掛樹梢，故一年四季均可見到紅葉。樹勢高大不須修剪，自然成型，栽培容易，生長快速，果實可食用，亦是很好的誘鳥樹種，是庭園添景、綠化美化的優良樹種。

無患子

「相思、苦楝、合歡、無患子」四種樹木結合相連，將男女由相識、相戀到結婚生子的四部曲表現淋漓盡致。其實「無患子」之名讓一般人誤以為因它結實累累成串，所以不患無後。其實「無患」取自古時民間相傳無患樹幹製成的木棒，可棒殺鬼怪，備有無患棒，則無患妖魔鬼怪，故名「無患」。無患樹果實含皂素，是古人洗髮及洗滌衣物的天然清潔劑，樹葉在秋冬季時會變成耀眼的金黃色，落葉後一片枯槁，是極富季節變化之美的樹種。可惜台灣因過度開發，無患子現已很少見到，只剩一些老樹在陡峭山壁殘存，亟待推廣。

大頭茶

大頭茶為常綠小喬木至中喬木，是大型山茶科植物，每年十一月至翌年元月是盛花期，滿樹山茶花甚為壯觀美麗，是招蜂引蝶樹種。園區內如多種幾棵大頭茶，抬頭看繁花似錦，低頭看落花繽紛，保證會讓你有置身如詩如畫、如幻如蔘的自然花園中之感。大頭茶生長快速，耐貧瘠無病蟲害，枝葉繁茂，因此成為庭園的優良樹種，更可推廣為本土最美麗的行道樹種。

山櫻花

很多人知道日本人對於櫻花有特別的依戀（日本國花是菊花，大部分人都以為是櫻花），而以為櫻樹是日本特有的美麗樹種，加上國人有仇日情結，跟著也不喜歡櫻花。以往只有陽明山、阿里山及少數地區較多栽培外，大部份地區只有零星種植。近年來才推廣大量種植。大部份人更以為櫻花是日據時代引進移植的外來種，其實山櫻花是道地的台灣原生樹種，而且品種甚多，其花色絕不亞於日本，甚至比日本櫻花還美。據說日本曾引進台灣櫻花以改良及充實其櫻花品種。

台灣山櫻花屬落葉小喬木至中喬木，栽培容易，五年就可開花，果實鮮紅色，狀似小型櫻桃，是綠繡眼、白頭翁等小鳥的美食。

台灣欒樹

是台灣原生樹種中，在國外被列為世界十大行道樹花木之一，值得推廣。屬落葉喬木，生長快速開花時滿樹金黃，而花朵結果後會由粉紅轉至褐色，掛滿枝頭美觀優雅，在台灣廣泛被種植，為公園及行道樹樹種。

以上所列舉十七種台灣原生植物，除大頭茶、杜英原本即生長在我家庭園外，其餘均為六年多來在山居所種植，如今各種移來的原生樹種及原本在庭園的原生樹已蔚成生機盎然的鬱鬱森林。加上週邊坡地上原本就有自然生長的高大樟科楠屬植物（香楠、紅楠、長葉楠），以及無患子、榕樹、九丁榕、油桐、野桐、白匏子、鵝掌柴、柃木、木薑子、山漆、山胡椒（馬告）等大小喬木，使我的庭園與帶有深深綠意、濃濃鄉情的德國黑森林家園比較之下毫無遜色。

為了豐富景觀色彩，我也種植早期先民自大陸引進的薔薇科植物如「桃、李、杏、梅」，以及本土的七里香、桂花、樹蘭、含笑、刺木（狀元紅）、燈稱花、胡頹子、山茶花、油茶、流蘇樹等灌木和小喬木樹種。

對於早期及近年引進的外來美麗樹種，只要對生態環境有貢獻，如石榴、香水樹、風鈴樹、美人樹、大花紫薇、阿勃勒、西印度櫻桃、水杉、緬梔、南天竹等，均成為庭園的嬌客。加上滿山遍野的杜虹花、金銀花、野牡丹、華八仙、山桂花、蓪草、木芙蓉、呂宋莢　等自生小灌木樹種，以及野薑花、月桃、台灣油點草、蒲公英、原生秋海棠等草本植物……有那麼多讓人眼花撩亂的庭園及週邊植物，造就了這裡豐富林相，孕育了無數蟲、魚、鳥、獸，繁衍滋生，這裡無疑是牠們的天堂，也是我們一家人的新天堂樂園。

抗癌十年有成談感恩

對抗癌魔，至今已成功邁入第十年，這兩年來每隔三至四個月都要回醫院複診，接受所有應該檢查的項目，結果證明我的各個器官及功能均正常，證明我已遠離癌病魔。

回憶十年前，我所罹患的這種來勢洶洶、令人聞之色變的頑固型急性骨髓性白血病，能治癒的機率非常的低，根據統計五年存活率不到百分之廿，而這百分之廿即使活下來，也只是靠化學藥劑抑制暫時緩解，隨時都有復發的可能。

要想徹底治癒，唯有作骨髓移植。但有幸做骨髓移植者成功率也只有一半。更何況能做骨髓移植手術的機率並不高，如必須有白血球抗原相同的兄弟姐妹願意捐贈，或在慈善團體成立的自願捐髓基因庫去配對（據說能配對成功的機會只有三十萬分之一），最後就算以上這些條件都具備了，醫療團隊還要考慮病患年齡、體能、病人及家屬的配合度，以及能否掌握手術最佳時機等等。

經歷長達四年多的全身超高劑量化學治療，每一次都像是進入鬼門關接受煉獄般的磨難，同病相憐的病友，難耐癌魔及藥物折磨，哀怨無助地一個一個走了，身心所受的痛苦煎熬，真可謂生不如死。

我不知道當初為什麼會有那種超人的毅力支撐下去，如今有幸活的健康自在。到目前為止我所遇見的罹癌患者，雖然抗癌成功，但大多已元氣大傷、羸弱多病，能像我這樣身體健壯、神清氣爽的很少見。

蒙上天垂憐，慶幸自己能走過艱難的抗癌路，其實最應該感謝的是政府「實施全民健保德政」、「仁心仁術的長庚醫院醫療團隊，讓醫病關係得以和諧」、「相濡以沫不棄不離的賢內助」、「慷慨捐髓的深情手足」、推廣「以生機換生機」的先知。謹借此機會衷心的表示感謝。

全民健康保險政策

自從實施全民健康保險，民眾看病住院均享有健保給付。我自己曾概估過，罹癌以來的醫療費用在健保給付額部分絕對超過七、八百萬元以上。這麼龐大的受惠額，如果沒有健保政策，就算變賣所有家產，也不可能籌措出來。聽說，就算社會福利最先進的歐美國家如美國、英國也做不到，罹患像我這種疾病的患者，家裡沒有自備新台幣壹千萬以上，是不可能治癒的。

有位同樣接受移植手術的病友，與先生均在英國留學及就業並加入英國國籍，享有其社會福利。但她還是選擇回國就醫，因為她認為，還是我們政府的健保制度完善，也肯定長庚醫院的醫療水準。如今她是接受移植手術最成功的病人之一。

政府全民健保政策實施十多年以來，雖然有諸多缺失，為人詬病，也因此造成政府重大的財政負擔，年年虧損嚴重，似乎有拖垮政府財政之虞。其實像我這樣的病人及家屬不知有多少，無不衷心感激政府德政。如果沒有健保，那些中低收入的家庭，如不幸有重大傷病病患，絕對會傾家盪產，或家破人亡，屆時將會形成更嚴重的社會問題。全民健保政策絕對是個全民受惠的德政。政府有心改革，我想人謀不臧絕對是主要亂源，衷心盼望此一德政永續實施。

仁心仁術的醫療團隊，讓醫病關係得以和諧

前四年的療程，住院以及回診時間加起來大約有兩年是「以院為家」。因為自己全力配合，加上醫生的仁心仁術，及護理人員的愛心、耐心、關懷與鼓勵，讓我感覺住院就像住在自己的家一樣，醫病關係至為融洽。記得好多次化療進行到最危險時刻，以及在無菌室做骨髓移植手術最關鍵時刻，主治醫師郭明宗先生及謝素英老師，均自動放棄休假前來巡房並加油打氣，真的是視病猶親令人感動。而專業護理師尤美雲小姐更是在我最低潮痛苦時不斷以卡片及簡訊祝福安慰、關懷鼓勵。

大塊 LOCUS 文化

讀者服務卡

謝謝您購買本書！

如果您願意收到大塊最新書訊及特惠電子報：

- 請直接上大塊網站 **locus**publishing.com 加入會員，免去郵寄的麻煩！
- 如果您不方便上網，請填寫下表，亦可不定期收到大塊書訊及特價優惠！
  請郵寄或傳真 +886-2-2545-3927。
- 如果您已是大塊會員，除了變更會員資料外，即不需回函。
- 讀者服務專線：0800-322220；email: locus@locuspublishing.com

姓名：________________ **性別：**□男 □女

出生日期：____年____月____日 **聯絡電話：**________________

E-mail：________________________________

您所購買的書名：________________________________

從何處得知本書：1.□書店 2.□網路 3.□大塊電子報 4.□報紙 5.□雜誌
6.□電視 7.□他人推薦 8.□廣播 9.□其他

您對本書的評價：

(請填代號 1.非常滿意 2.滿意 3.普通 4.不滿意 5.非常不滿意)

書名____ 內容____ 封面設計____ 版面編排____ 紙張質感____

對我們的建議：________________________________

____

____

____

10550

台北市南京東路四段25號11樓

大塊文化出版股份有限公司　收

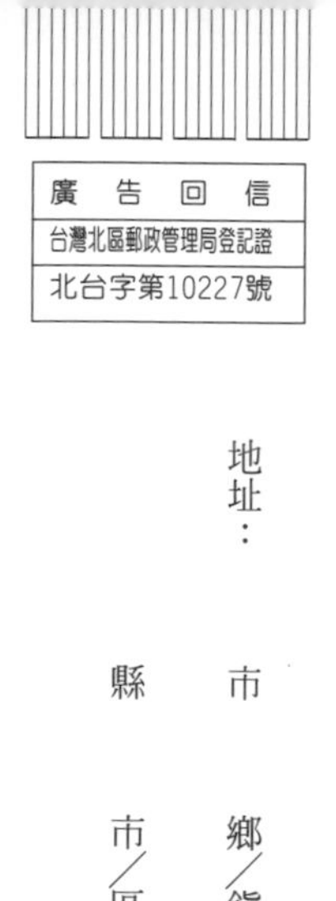

地址：　　市　　鄉／鎮　　路　　段　　巷　　弄　　號　　樓

縣　　市／區　　街

(請寫郵遞區號)

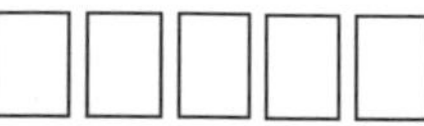

想起以往那些引起社會各界及民眾大加撻伐的諸多重大醫療糾紛，除了嘆息外，只有慶幸自己遇到好的醫療團隊，我也有幸成為醫院最成功、最驕傲、最受歡迎的抗癌鬥士。

我在骨髓移植半年後為了遠離可能的致癌因子，搬到山上居住。不久長庚醫院骨髓移植年會選定在我山居辦理，當時醫療團隊及病患與家屬等來了百餘位。而九十四年我在山居舉辦觀花賞螢感恩活動，誠摯邀請醫療團隊人員到山居共享美景，到訪團隊及其親友多達八十餘位，令人感動。

相濡以沫，不棄不離的賢內助

抗癌成功最應感謝的是內人，為了全心全力照顧我，辭掉工作，陪同我一起住院照顧，從未見到她有一絲倦容及怨言。

在病情稍微緩解之際，為了勵行生機飲食，吃絕對清潔無污染的蔬菜，我將透天厝的頂樓改建空中菜園，雖然花了不少錢但她仍全力配合。骨髓移植後接著又在「活過今天，不知道有沒有明天」的恐懼中，也欣然接受把僅有的老本投入山居。事後想來還常為以前的決定捏一把冷汗，萬一我走了，她如何處理善後。

慷慨捐髓深情手足

主治醫師原本認為我年齡過大，不宜骨髓移植，經多方考量重新評估後，先要我詢問兄弟是否願意捐贈骨髓。當我向弟弟及弟媳提及時，他倆毫無考慮就答應。在外人看來，同胞骨肉血濃於水，義不容辭本是天經地義的事，其實不然，我看過太多的病例，就算是至親骨肉，在此生死交關之際，見死不救、避不見面的大有人在。他們迷信於即使救活骨肉手足，自己將招致厄運替他去死。什麼時代了還有這種迷信觀念，想來真要為弟弟及弟媳的救命之恩，表達由衷的感謝。

推廣「生機」換「生機」的先知

前句「生機」意指師法大自然以及清淨無污染的食物，後句「生機」表示健康活力。

在治療期間，主治醫師曾遭遇瓶頸而束手無策，因為能夠使用的藥劑，能夠派上用場的療法都已用盡，無法讓我緩解，只好暫停治療，並建議我到號稱最好的某公立醫院治療。當我帶著病歷去門診經初步檢查後，醫師就毫不客氣地說「長庚醫院沒辦法醫你，我們醫院也沒辦法。」並拒絕我住院治療的請求。記得當時我只是多問幾句，請教病情的相關問題，醫師很不耐煩當頭就丟給我一句話：「你很快就會復發」。

這位在台灣被公認的血腫科權威醫師，還曾大言不慚一再公開強調他給病人的第一劑良藥是「給他希望」。真是狗屎，不在病人的傷口上撒鹽就不錯了。

在面臨死神步步逼近之際，幸得貴人政戰學校魏立之教授伉儷及時介紹生機飲食，並給我一套雷久南教授有關身、心、靈的錄音帶，要我去體驗。事後又接觸到姜淑惠醫師及本身也是癌症末期病患、身上割掉很多器官的李秋涼女士等可敬先知的著作，大力倡導以生機飲食強化自體免疫功能。

當處於抗癌的最低潮、悲觀、無助的我，唯一的希望就是下定決心，勵行生機飲食。反正死馬當活馬醫。

一個月後到長庚醫院驗血檢查，主治醫師感到很驚訝，因為癌細胞已降到緩解程度，醫生問我吃什麼藥，我表示開始嘗試生機飲食。醫師很肯定生機飲食能增強身體的免疫功能，不過他也認為最後一個療程的化療劑量非常的高，所以也可能是藥劑的抑制作用。

不論如何，我已初步感到生機飲食給我帶來一絲希望，更讓我身心感到非常愉快。於是我開始將四樓頂改建為空中菜園，希望用最乾淨的土壤及有機肥料來種植我需要的養命蔬菜。接著又收集自家及左鄰右舍的廚餘，作自然堆肥。經過一段時間努力所種出的乾淨清潔的有機蔬菜，來訪病友及慕名到訪者都大為讚賞，我也開始勵行部分蔬菜生食習慣。接下來身體狀況越來越好，幾乎獲得一年多的緩解。

雖然後來又復發，但一年多的調養生息，已有充分的體力，可以接受下一個階段的化療及進行骨髓移植手術。

當骨髓移植成功後又想如果能有一塊露地可以大面積栽培，不用每天忙於上下樓梯在擁擠的空間小面積種植那該多好，於是又開始為築夢桃花源而快樂地忙碌著。

誠惶誠恐對抗癌魔十年，轉眼間明年就是即將進入「花甲之年」的老人了。但我一直認為自己還年輕，現在正是人生經驗最豐富、思維最縝密、處事最圓融的階段。我對人生已有更多的體認及不同看法，尤其在大病一場後，山居的庭園打造成功，行有餘力，該幫忙鄰居的也都陸續完成。

這一生，特別是生病的十年，受到這麼多貴人相助又享受豐富的社會資源，如果不利用後半生來回饋，只知遠離塵囂，到山上獨享桃花源，自私自利，苟且偷生，不是太忘恩負義了嗎？老天爺獨厚於我，讓我重生，絕對是希望我餘生多做有益於社會大眾之事，不是嗎？曾經想過要到醫院當志工的念頭，可是諸多原因限制，到今天未實現。在山居受施老師影響，目前正計劃幫助弱勢、殘障團體或協助希望工程，希望有生之年，對社會有所回饋。

山居百態

■ 施寄青　陳正武

要不要寫這篇文章，在內心掙扎了很久。畢竟「人非聖賢，孰能無過」，「得饒人處且饒人」。何況我們也不是什麼聖賢。「吾心非尺，不能道人長短，吾心亦非秤，不能論人輕重」，尤其從年輕時起就非常崇拜詩僧寒山與拾得。

寒山有一首詩：

我見謾人漢，如籃盛水走，一氣將歸家，籃裡何曾有。
我見被人謾，一似園中韭，日日被刀傷，天生還自有。

另外一篇是寒山與拾得對話，寒山問拾得曰：

世間謗我、欺我、辱我、笑我、輕我、賤我、惡我、騙我，
如何處治乎？

拾得云：

只是忍他、讓他、由他、避他、耐他、敬他、不要理他，
再待幾年你且看他。

以上這些不論是勸世文、禪偈及對話，一直是砥礪自己不與人爭鬥的座右銘，尤其在到山居靜養後，更希望與人為善，不論人是非長短，即便遇到很多不愉快、不合理，甚至受到欺騙、詆毀攻訐等情事，能忍則忍，從不想與人爭鬥。但近兩年來，從事靈異探討後，知道靈異法則，就算是前世造的業，如果今生一味逃避、忍讓、縱容，反而更助長別人的囂張氣焰，也讓更多的無辜者受害，那麼我們的過失還要罪加

一等，因為妨害別人成長，來世還要重修這個課題。今生受到這些人欺凌也就算了，投胎轉世為人還要重修，倒不如今生今世改採積極態度去面對。

如能將這些是非恩怨訴諸文字，或許能讓有心為惡或執迷不悟、愚蠢無知之人振聾發聵，覺悟警惕，也讓後來的山居者能知所防範。對我們來說則積壓六年來的怨氣得以宣洩，否則悶在心中，不得重度憂鬱症才怪。

至於寒山、拾得的忍讓工夫，我們做不到，因為他們是隱居在襚襚白雪、夏天冰未釋的天台山絕頂，當然不會與人結怨。如果今天能夠請寒山拾得到我們這淺山的山居待上六年試試看，他們早就逃之夭夭，回天台山睡大頭覺去了。但是逃避妥協只會讓惡人、爛人更為囂張。

本以為到山上尋夢桃花源的朋友，因有共同的理想、個性相投，會成為好鄰居，誰知因理念、認知不同最後竟成惡鄰。

為人師表，恬不知恥

住陳家上面的鄰居賴老師，在陳家買了這塊山居土地後，立即表示歡迎，並且說：「我因不常在山上居住，三次遭小偷大搬家，連工作手套、衛生紙都洗劫一空。」陳家進住後等於幫他當警衛，是求之不得的事。果真在陳家進住六年多，他沒遭過小偷。

但他並不珍惜，等陳家開始進住後，他不斷放話說陳家佔用他的土地。首先要求陳家在屋後斜坡下砌駁坎，陳家認為砌石頭可以護坡，所以不加考慮便答應。後來越想越不對勁，如斜坡前再砌駁坎，他的花園將更大更完整，而陳家屋後一公尺處就矗立著五公尺左右的石牆，萬一擋不住土石流而倒塌，陳家便要遭殃，這種以鄰為壑的歹念還虧他想得出來。

他見一計不成又生一計，幾個月後更惡意地說：「老陳，我們土地界線是在你家的廚房。你佔用了我的地，即使我們這一代不處理，下一代也會有糾紛。」陳很不客氣回答：「明明界樁是在屋後坡上，你憑什麼說我佔了你的地。土地既然有糾紛，老子這一代不解決，老子們就是混蛋！到了兒子一代還會吵鬧不休，老子、兒子兩代都是混蛋！」

他惱羞成怒說：「怎能說老子及兒子是混蛋，前地主在鑑界時，先請地政事務所測量員喝酒吃飯，測量員在酒醉下鑑的界不能算數。」陳見他不可理喻，懶得理他，掉頭就走。

其實陳早知道他與前地主吳X村有土地糾紛，他在整地時侵佔近三十坪的土地並砌好駁坎，經吳X村抗議，並申請地政事務所人員測量，他確實侵佔到吳X村的地，所以不得不花高價購買。之後就依所侵佔土地現地測量，圖上分割，以駁坎為界。自此他就惱羞成怒，視吳X村為仇人。等陳家買了這塊地後，以為陳家不知情，又開始跟陳家吵鬧不休。

「象神、桃芝、納莉」颱風連番來襲，造成山區嚴重災害，大家戲稱：「象神來了，桃芝夭夭，納莉逃！」這三個颱風讓社區居民永生難忘。賴老師卻違反自然，花費幾十萬在野溪上蓋了一個大魚池，結果颱風過後，上游土石沖下來，填滿魚池。他居然不死心，要重新整修，並很不客氣地要陳家把庭院的九重葛花架及花壇拆除，好讓他的怪手、運土車、混泥土車經過以利施工。這種話居然敢開口。陳問他為什麼不從自家庭園過，他說他的庭園已規劃好，而陳家的庭園才規劃不到三年，所以要陳讓路施工，真是「吃人夠夠」。更可惡的是事後還到山下村莊放話，說陳不讓他過路。山下的朋友責問陳，為何不讓人過路，經陳說明原委後，朋友才搞清楚並罵他「無賴、混蛋！」

不久他又跟陳家說要擴大雙方交界的魚池，陳要他先申請鑑界再說，萬一他侵佔陳的地，陳怎能善罷甘休。

當測量員來鑑界時，陳當著他面問測量員有沒有喝酒，也請他聞聞對方有無酒味，測量員先是納悶，接著不悅地說怎會喝酒。於是陳向他詳細說明：「過去我和他毗鄰的兩塊地已經鑑界三次，界樁到目前都在。但他一再放話說地政事務所測量員在事前接受原地主招待，在有醉意下的測量下怎可算數。」測量員聽了陳的說明後，義正辭嚴地向大家說：「我是代表政府執行公務。接受招待、胡亂鑑界是違法的，誰敢以身試法。」經認真鑑界結果，他要擴充的設施全在陳家的土地上，就連原有的魚池也佔了陳部分土地，更證明原有的界樁位置正確無誤。測量員問賴老師還有什麼疑問，賴老師□□聲聲說沒有意見尊重專業。最後測量員還氣得要陳向縣政府檢舉他，因為擅整野溪是違法的。

經過這次鑑界他總應該罷休了吧！不意在陳與另一個鄰居申請鑑界時，他又插嘴說山區土地走位，所以界樁不準，結果頭份所的一鑑與苗栗所的二鑑完全符合。真佩服日據時代日本人測量的精準，與二鑑用的人造衛星定位絲毫不差。

這位賴老師也不知道是不是跟樹有仇，將在其地上、週邊山坡及溪溝旁的幾十棵合抱大樹一一剝皮，讓這些可憐的大樹枯死倒塌。勸阻他的人反遭白目相待。最可惡的是他將這些枯死的大樹任意倒在溪溝上不清理，每次重大颱風豪雨來襲，這些枯倒的樹枝、樹幹被沖到下游涵管而堵塞洞口，導致山洪無法宣洩，到處氾濫，下游住家庭園淹水，滿地爛泥、路基掏空、坡地沖毀。去年「五一二」豪雨帶來的重創至今仍未復原。這些倒樹是加重災害的重大原因。面對鄰居的指責，他卻死不認錯，每遇颱風豪雨他都逃之夭夭，連狗都抱走，等道路修護後再回來，反正危害不到他。

最近他又性騷擾一位鄰居的外籍女傭，而且是當著兩位女鄰居的面，她們看不下去而阻止他說：「你為人師表，怎可做這種事。」他居然恬不知恥地說：「我現在已經退休，不再是老師，我最痛恨別人再叫我老師。」施知道後便在二〇〇六年三月十九日《蘋果日報》她的情色教母專欄寫一篇〈老不修〉的文章修理他。他剝樹的皮，施剝他的臉皮，真是大快人心。

造謠生事，搬弄是非

西側毗鄰的鄰居倪小姐比陳家早買地，在陳家定居後，起初也有很好的互動，相互邀請到對方家吃飯閒聊，交換心得經驗，並曾相約到向天湖參觀原住民賽夏族的矮靈祭。而她養的四、五條狗，也因她不常來，由陳家主動幫忙餵食。

餵狗的飼料沒了，陳太太請她購買，她遲遲不買，並要陳太太先墊錢幫忙買。陳先生因忙於造園而由陳太太幫她買了幾次。後因陳太太腰傷，十幾廿公斤重的飼料，抬上抬下實在受不了，所以告訴她不能再幫忙買狗飼料，如果她不買，陳家不再幫忙飼養。結果她還是不買，狗餓得常到陳家來索食，基於憐憫之心，陳家還是餵牠們。

倪小姐喜到處挑撥離間，連閉門謝客不問世事的施也受其害，造謠說施動輒舉發山上違建、開發的人，吳X村便在她的挑撥下，一直跟施過不去。

她與陳家毗鄰的東側土地，建有大蓄水池一座。因仲介賣地給陳家後並未鑑界打樁，幾個月後，等另一塊與北面毗鄰的林老師辦理共同持分土地合併分割時，證明東側土地的蓄水池是建在陳家的土地上，陳請仲介告訴吳X村與倪小姐。事後吳X村主也來找陳作圖上研究。

雖然確定蓄水池是陳家土地，但陳家始終非常低調，甚至吳X村拒絕陳家用這個蓄水池的水，要陳另引用山上水質較差的水，陳家也不堅持。

這座蓄水池的水質經過多次檢測，比礦泉水還優良，曾有礦泉水公司在此生產礦泉水，因經營不善而倒閉，連同土地被法院拍賣，由吳X村標得。他整地分割後配管把水源接到每塊要出售的土地上。經仲介廣告吸引客戶來買地，因為有好的水源，很快就賣了八、九戶。當這八、九戶陸續來整地植草種樹、造景甚至建屋進住後，就斷斷續續發生水源供應問題。因為陳家長住這裡，鄰居朋友們無水可用，大多會來找他們，陳都儘量熱心幫忙，找出原因，並予以修護。後來發現水源之所以會有問題，除了管線工程品質不良，住戶用水觀念偏差習慣不好外，最重要的是吳X村惡意整人有關係。在他賣地給施後，私自從施的地上開路整治野溪，並將其與施的天然界線野溪埋設涵管，並填土後成一塊平地。

當時陳與施兩家並不熟悉，陳反而跟吳X村互動良好，但陳發現他這樣做時，問他有沒有徵得施同意，他說沒有，並聲稱將來如果有問題，他會復原。不久後施來電，陳順便告知此事，施第二天就帶建築師來看，結果建築師說了他幾句，施老師反而修養很好，一語未發。沒想到吳X村竟然惱羞成怒，不久後施因他私自整地被告發，縣政府山保課黃XX課員來查報，施請陳家陪同到縣政府說明，陳家證明不是施顧工動土，但黃課員並未採信，並說如能請吳X村到縣府說明並提出書面保證，才可註銷。後來吳X村在陳的勸說下同意到縣府保證，但隔幾天，不知受誰挑撥而反悔，拒絕出面澄清，無辜的施就這樣被開了六萬元罰單。施接到罰單後到縣府陳情，黃課員居然說要施先繳罰款，並到法院告地主，等告贏了，才能把案子註銷退回罰款。施想到要與吳X村長期相處也就自認倒楣繳款。誰知吳X村卻對施恨之入骨，向鄰居放話將以水源來威脅施，而且他也說到做到。

施本想低調申請合法蓋屋，所以在陳家陪同下到各地方政府請教，也因此見證到地方政府的惡形惡狀及顢頇無能。

自此施對地方政府已徹底絕望，即便等兩年後，還不知能否合法申請，不如來個先斬後奏，蓋了再說，反正在不違反農發條例的各種限制條件下蓋房子，頂多只是程序違法，就算被告發也可投書抗告，在公文旅行過程中，房子早就蓋好，到時程序違法，繳了罰款一樣可申請合法建照及使用執照，免得夜長夢多，誰知吳X村又會搞什麼花樣。

但是施從蓋房子動土起，就是噩夢的開始，她當時都在台北，事後才知情。營造商鄭先生與陳就經常受盡吳X村威脅，因為水源經常中斷，建商鄭先生三不五時就來找陳，陳很熱心去找原因，每次遭到吳X村給臉色看甚至咬牙切齒聲明要整施，陳只好擺出低姿態，請求吳X村把設在他土地上的止水開關打開。有時水源因故中斷，責任雖不在吳X村，但他在知情下並未善盡通知責任，把下游的開關關掉，反正自己有水用哪管下游鄰居，尤其是施的土地在蓋房子，正需要水用。有一次鄭先生十萬火急來找陳，說圍牆已粉好水泥與含水石攪拌的泥漿，正要噴水洗石子，剛好沒水可用，而當時也快天黑，如果無水可噴洗，就要把整個牆面已粉好的泥漿刮除。陳聽了立刻查看水源，雖然找出原因但不可能立即修復，於是陳立即將家中大小水桶七、八個裝滿水來回幾次用車運到現場，總算解決燃眉之急。

施進住山區後，水源更是時常被惡意切斷，令她忍無可忍。

吳X村與倪小姐狼狽為奸，聯合起來控制威脅住戶，不聽話就斷水源，而且先拿施開刀，看誰敢不聽話，住戶大都敢怒不敢言。他們敢這樣囂張，主要是一個擁有水源，一個以為擁有蓄水池土地的所有權。陳向來不恥他們的行為，當陳告訴施有百分之百的把握蓄水池的地是他家的時候，施「鳳心大悅」。並說陳是爛好人，當初就應針對蓄水池鑑界。

陳於是挺身而出再申請頭份地政事務所鑑界，以徹底解決糾紛。鑑界結果水池這塊地是陳家的，甚至連周邊原屬模糊地帶約百餘坪土地也是陳家的。這下倪小姐與吳X村傻眼了，但他們不服又申請二鑑，縣政府另派苗栗地政事務所測量員以衛星定位鑑界，輔助點擴大到五百甚至到一千公尺以外去找，結果原來所有界樁位置都正確，他們簽完名後仍不服氣嚷嚷說還要上告。但至少倪小姐與吳X村已沒理由以水源控制威脅住戶。不過他們反過來說我們才是壞人，說過去大家都有水喝相安無事，以後土地被陳家收回，大家都會沒有水喝，反正好話壞話都讓他一人說完。其實他們只要另找地建水池就可解決。陳家已無償讓大家使用六年多，如今收回土地自是理所當然的。

施也放話，再有人膽敢斷她的水源，那就法院見，她會要求當初買賣時的仲介、代書出庭證明，地主簽約時就答應無條件供水，而且每家用水管線在買地前均已接好，打開水龍頭開關都有水，地主想賴都賴不掉。

一天，施步行到陳家，中途遇到一位周先生，正在觀看工人整理他新買的地，周先生及其家人看到施很高興，趨前與施打招呼，並表示已經買了這塊地。施問他們是否因為她進住才買這塊地，他們點頭稱是。施心想又是名人效應，基於道義良心，施即向周先生及其家人說這塊地你們也敢買，尤其在豪大雨後安全堪慮，請他們務必向附近陳家先請教如何做好排水。其實施用意是他既然已經買下，就要瞭解土地現況，尤其是豪大雨後造成的山洪，如何預先採取防範措施，並趁地主整地時要求改善排水設施。

施善意建議，但周先生並未來找陳家反而找賣地給他的兩位原地主——即倪小姐及一位蕭姓地主——理論。蕭姓地主及倪小姐認為施擋人財路，找施當面理論，一時我們成為眾矢之的，背上擋人財路罪名。而蕭姓地主事後氣憤地向施抱怨，說他在這山區生活了五十多年，從未遇到土石流災害。

結果不到幾個月，施的話就靈驗了，只下一天的「五一二」梅雨，帶來重大的災害，造成山區到處坍塌，道路被沖得柔腸寸斷，甚至被掏空，到現在損壞道路仍未完全修復。周先生豪雨後不久，到山上看到剛花錢整好的土地被大水沖的滿目瘡痍，接著到陳家看到第二天洪水退後拍攝的電腦畫面，幾乎三、四條水流直對他的園地沖，讓他的園地成為水鄉澤國。周先生在我們建議應如何改善後，心存餘悸悻悻然地離開，事後也就很少來看這塊地而任其荒蕪。倪小姐及蕭姓地主則一副事不關己的模樣，反正土地已售出錢也賺到了。

人民公僕，顢頇無能

吳X村擅將原有野溪加埋涵管，並在涵管口前打樁。在施工時陳家曾提醒他這樣做會有問題，他並未接受，並表明出問題他會負責。後來也不知道何人向縣政府檢舉，縣政府派員查報屬實，但並未將他以「擅自整治河川」的違法罪名移送法辦，也未要求依限期恢復原狀複驗。荒唐的是竟然輔導地主找來苗栗縣吳姓水保技師，提出書面保證三十年不會有問題。有技師保證，又有縣府背書，吳X村自此有恃無恐。結果一年後的秋颱及第二年的「五一二」水災，造成涵管口堵塞，山洪淹到道路以上超過一個人高，而爛泥也堆積在道路上約四、五十公分高。「五一二」水災當天陳家夫婦晚上走路回家通過淹水的路段，走不到三十公尺約三分之一處，洪水已經淹到陳胸部，而陳太太幾乎已淹到頭部，陳家發現不對，再走下去連命都不保，不是被山洪沖走，就是陷在爛泥堆或因山坡塌下被土石亂竹倒樹困住而動彈不得。當機立斷撤回施家過夜。第二天雨停後涉水回家，河床高過路面，道路反成了排水溝。

進住的前幾年颱風豪雨都沒有這樣的災害，吳X村擅整野溪後就接連兩年發生嚴重災害，而且危及居民生命安全。陳家將災後實況拍攝下來，不久就與施聯名告到縣府，等了三、四個月沒有下文，施到縣府追查，承辦人黃課員才從電腦檔案找到檢舉的陳情書，並表明會派員去勘察。

縣府黃課員有一天下午一點四十分打電話給陳，約陳兩點三十分鐘在現場會勘，因施與陳太太外出，陳準時依約前往現場，卻看不到人影。原來黃課員陪同山保課課長及吳姓水保技師提早五分鐘來到現場，照完相後就不避嫌地到兩百公尺以外吳X村家，一談就是一個小時。陳枯等一個小時後，他們才到現場，見到陳還老大不高興，問陳為何不準時赴約。真是豈有此理，一開始氣氛就很不愉快。接著聽陳訴說「五一二」當晚災情，縣府課長馬上反駁以台語一再說：「講肖話，嘿是沒可能ㄟ代誌。」並一味偏袒地主，而水保技師也昧於事實睜眼說瞎話：「依整個山谷最大降雨量，地主埋設的涵管足夠把山洪排走。」對涵管口被堵塞以及因涵管提高造成淤泥無法排放，甚至造成高出路面的後果，他並不作任何解釋。最後他們一致表明要陳跟地主和解不要傷了和氣。陳當時反問他們是否想為縣府錯誤的處理方式逃避責任開脫罪名，而堅持要陳私下與地主和解。陳表明為了社區的安全我們會告到法院。始終不發一言的吳X村這時以威脅的口氣說：「要找白道黑道置你於死地。」陳豈是怕威脅之人，陳要縣府官員及水保技師到法院時對地主的威脅作證，他們卻一一表示沒聽到。於是陳很不客氣一個一個指著他們罵：「孬種！孬種！孬種！縮頭烏龜。」這年頭還有這種懦弱怕事、不敢負責的官吏！

等施及陳太太回來，陳氣急敗壞將詳情告知，施說陳笨，為什麼不帶錄音機將當時所說的話一一錄下，那才是將來告到法院最有利的證據。

第一次會勘在不愉快的氣氛下草草了事敗興而歸，之後縣府也許發現確有弊端，在溝通態度上也有問題，第二次會勘另派了一位公正、客觀的黃松光先生協助黃課員辦案，施也在場公開表明全程錄音。這次會勘就在黃先生秉公辦案、態度謙和下完成。黃先生表明縣府辦案確有瑕疵，並重新鑑定地主私設涵管是造成災害的主要原因，至於如何善後將函請全體相關住戶召開第三次會議。

最後全體住戶在縣府主導下，達成共識做成決議由錯誤行為的負責人——也就是吳X村，自行出資改善複驗。結果吳X村隨便施工，並未依協調會決議將路面墊高130公分，並故意將道路整得高低不平，完全未用級配，敷衍縣府。今年換了新縣長，所有當初負責的縣府人員全調走，根本無人來驗收結案。再度陳情亦無下文。施是名人，尚且「龍遊淺灘遭蝦戲，虎落平陽被犬欺」，何況是一些無權無勢的小老百姓。

首鼠兩端的小人

鄰居陳X源服務於竹科。六年多前與我們同一天到山上看地，因而結識，後來也買了一塊與施以野溪為界的土地。

剛開始陳X源每到假日帶著妻小非常愉快地來到山上築他的桃花源夢，跟鄰居互動良好，也熱心公益樂於助人，我們慶幸有位好鄰居。在我們收回蓄水池所在的土地並拆除蓄水池後，陳X源主動表示願居間調停以化解雙方糾紛。在他主導下好不容易重新拉好配水管線。

但先是倪小姐助紂為虐、惡意拆除，她和吳X村以為如此就可整到施，結果沒整到施，反而讓鄰居林先生夫婦一個多星期無水可用。林先生氣得大罵，陳X源卻要他忍耐一段時間，並稱等整倒施後再給他們用水。林先生餘怒難平，更不恥他們作為，而找陳家評理。經我們分析後，一致認為陳X源事實上是個十足的偽君子，他的惡行包括幫倪小姐打電話威脅鄰居，並出餿主意惡整我們，更可惡的是協助吳X村到林先生地上鋸斷住戶的供水管線，並要林先生暫時忍耐配合他們「唱戲」……等等。至此我們真正瞭解陳X源無品無德，甘願做霸道鷹犬，惡鄰幫凶。在一次不愉快的爭論後，我們就將他列為拒絕往來戶。

自來山上定居後，我們遭遇的狗屁倒灶的事不勝枚舉，只擇其中幾件來寫就已欲罷不能，寫完又矛盾不已，因為出書後那些惡鄰一定視我們如仇寇，但如不藉此機會說出來，日後又會有不知情的人被這些爛仲介和地主給騙，而我們還要忍受他們永無休止的無理取鬧。

寒山拾得禪師在紅塵中已了無牽掛，身無分文，他們可以逃到天台山孤傲山頂高唱忍耐歌，而我們根本不可能。寫這些，只希望少點人受騙，讓心存不軌的地主、仲介、鄰居知所警惕，畢竟「諸惡莫作，眾善奉行」是千古不易的做人準則。

寫了那麼多不愉快的人和事，那山居還有什麼值得眷戀的？其實山上好人還是居多，好事也不勝枚舉。如互動良好的投緣鄰居們，經常輪流到各家作客觀摩聚會，一聊就是半天。

施最喜歡帶鄰居及來訪朋友到南庄的「小東河十號」咖啡店喝下午茶或餐飲，享受濃郁香醇的咖啡、清幽的環境及優雅的佈置。今年過農曆年的年夜飯也是在小東河處歡聚，大家享受女主人親切接待及香噴噴的八寶鴨飯。女主人是走過婚變勇於面對人生的人，經營此店三年，年年虧損，但她所在意的不是賺多賺少，而是堅持品味，廣結善緣。（小東河十號咖啡店聯絡電話：037-824030）

前述的地主、仲介都是爛人，難道就沒有好的地主及仲介嗎？當然有，否則社區不就人人自危嗎？

不只是我們，包含絕大多數住（客）戶均肯定仲介張碧桃女士，她能從客（住）戶的不滿與抱怨聲中得到教訓，也從失敗中吸取經驗。天災過後屬於自己責任範圍便立刻自掏腰包修復，屬公共設施部分也會出錢出力修護。甚至土地賣給住戶後，水土保持出狀況也與住戶共同出資修護。對成立協會的理念也非常贊同而多次樂捐贊助（並捐錢給四川痲瘋村的希望工程），主動降價讓多位陶藝家有能力進住，以提昇社區人文素養⋯⋯等等。她認為賣地賺錢固然重要，絕不能每賣一塊地便與買主結下樑子，並竭盡所能地將她自己也選定長住的這個山區，打造成一個優質社區。

在山區，除了跟張女士買地的人在買了地後與她成為朋友外，跟其他仲介、地主買地的人，沒有一個不是在買地後一肚子大便，都覺得受騙上當的。

很多人跟我們一樣，只顧看眼前美景，聽仲介天花亂墜吹嘘，往往不假思索便買下，買後便是噩夢的開始。

山區仍有許多問題要解決，山居大不易，我們只能勸人不要隨便起心動念做桃花源夢，你若真有心要下鄉，至少在買地前要好好做功課。

與地方政府打交道，有太多不愉快的經驗，看來「為民服務、關心民瘼」不過是口號。這樣說，難免以偏概全，事實上我們也遇過一次令人感動的事。民國九十三年艾利颱風挾帶七、八百公釐的豪雨襲擊山區，造成處處坍方、土石流，道路柔腸寸斷，尤其是「美麗境界」社區，唯一的聯外道路，路基二分之一被淘空，岌岌可危。協會緊急向苗栗縣府陳情，農業局農業工程課承辦人黃金山技士立即到山區勘察，並表明縣府無經費，但仍主動積極協助向中央申請災害搶修。俟經費核發下來由其監工搶修完工，第二年「五一二」豪雨給苗栗地區帶來一千三百多公釐的雨量，其品質通過嚴酷的考驗。其後又主動找徐耀昌立委幫忙，統籌規劃，將其它工程結餘款支援社區道路整修。在此衷心感謝這位稱職的地方官員。

徐耀昌立委對社區公益更是熱心，他早就認同與肯定我們這些境內移民打造苗栗山區優質生態社區的成就，從協會成立迄今近六年來，積極協助爭取相關經費搶修災害，經費總計約六百萬元。尤其是最近申請三百萬搶修社區主要聯外道路大轉彎、大面積坍塌的山坡，解決半年多來每次下雨後滑落土石及滿地泥濘，導致車輛無法通行的困境。社區居民衷心感謝徐立委的熱心協助。

尋找桃花源教戰總則

原本以為尋找桃花園只是已退休或即將退休的銀髮族夢想，隨著民國八十九年一月廿八日農業發展條例公布實施，農地開放自由買賣後，不止是退休或屆退銀髮族，連四、五、六年級還在就業、打拼的年輕人，也熱衷尋覓一塊可以終老山林或舒緩壓力的清淨夢土。依我尋夢桃花源以及在山居認識的同好所累積的豐富經驗教訓，或可做後來者的參考。

基於地方政府並未積極研擬各項配套措施來配合農發條例的實施，反而先是以消極放任態度，繼之以告發、取締、罰款及拆除的鴨霸作風做為其了不起的政績，加上很多當事人一時衝動糊塗、決定草率，於是造成無法彌補的憾事。故在此提供購買農地、山林地「教戰總則十條」以利參考：

壹、農發條例開放實施後，規定農地可自由買賣，如欲購買農地或山林地必須合於下列規定及注意事項：

一、土地須滿零點二五公頃（七五六坪）。

二、申請興建農舍基地坡度不得超過三十度以上。

三、過戶後須滿兩年，戶籍亦須遷入所在地滿兩年，方可申請興建農舍。

四、購買土地滿二年後申請農舍均須鄉鎮公所核發農業使用證明。因此在申請前，地上不能有任何建築，包含房舍、水泥或柏油道路等設施。

五、山坡地必須申請水土保持，林地必須申請森林登記許可證明，才可以動土。

六、原住民保留地，水源保護區，以及國家公園等管制地區均禁止買賣或開發。

七、地目為林地但使用規定是屬於林業用地則禁止任何開發。

八、所購土地合法面積如為數筆土地面積總和，各筆土地必須相毗鄰。中間有溝渠或夾雜他人土地不合併計算在總面積內。

九、買賣土地必須請賣方完成鑑界手續。地籍圖都是依據日據時代測量的，很多地形地貌已改變，不能受其誤導，必須以地政事務所鑑界為依據。

十、購買土地簽約時，最好請地主、仲介業者連帶保證可申請蓋農舍，否則土地價款及所投入費用加上利息退回。有太多的案例買了土地閒置多年，根本無法申請建照。

上述各條均合於規定，但如遇到地方政府主管部門有意刁難或懦弱怕事不敢負責，核准之日將遙遙無期，只有自求多福，各顯神通。拉關係、套交情、走後門、送禮、請客吃飯，也許有錢能使鬼推磨。但也有可能遇到惡鬼收了錢也推不了磨，只有自認倒楣，投入的養老金或積蓄更將成為永遠的傷痛。那塊原本認為是築夢的桃花園地，變成傷心的園地。

記得購地之初，施老師與我們夫妻非常禮貌誠意地去地方政府，請教有關合法申請建照問題，官員們只會不屑地說：「依法辦理」。至於如何依法辦理，總是支吾其詞，沒有具體答覆。（事後才知道他們對新的農發條例不是無知就是一知半解）。當一再追問他們竟然惱羞成怒地說，不歡迎外來財團來地方炒作土地，並以極不友善的口氣說要我們小心不要違法，執行公權力是不會手軟的。天哪！他們把我們這些境內移民善良的小老百姓，視如財團、看成刁民、恨如仇寇。可是官員們卻縱容包庇在地親戚，肆無忌憚在地方濫墾濫建，小老百姓敢怒不敢言。民主時代的今天，竟然還有這些封建思想餘孽，假公濟私、魚肉鄉民、毫無王法。當上父母官高高在上，不為百姓解決問題，反恐嚇百姓。其實他們腦袋搞不清楚，我們都是合法納稅的善良百姓，才是他們真正的衣食父母，他們只是公僕，不是嗎？

諸如此類在購地後與政府相關單位接觸的不愉快經驗，罄竹難書。改朝換代又有何用，基層官員心態不改就永遠沒有效率。三通問題成為執政在野的攻防戰。但「前進大陸，根留台灣」已是大勢所趨，如果台灣沒有良好條件，讓民眾根留台灣，屆時很可能只是債留台灣，人卻跑到國外消遙。

貳、慎選地形

山居土地將成為你的第二故鄉，是養心、養老的清淨夢土，因而要特別慎重選擇，要有自己的主見，不能只聽仲介業者鼓其如簧之舌，而一時衝動上當受騙，造成無法彌補的遺憾。

一、坡度不能太陡峭

1. 陡峭坡地申請蓋農舍不僅於法不合，且必需花上巨額的整地經費如水土保持、道路、排水溝等工程。屆時很可能工程費用比購買土地費用還要高，加上每遇大雨就提心吊膽怕駁坎是否會崩塌，生命財產隨時都會受到威脅，不可不慎。
2. 陡峭坡地造成進出及工作不便，一把老骨頭的銀髮族上上下下能承受幾年。老年人關節退化，不適爬山，會使退化的關節更形惡化。

二、要有聯外道路

購買土地時必需考慮聯外道路，如有經過私人土地，除非已成既有道路，否則別人有權不讓道路，而此時要買路權，對方必定來個獅子大開口。

三、要有充足、方便、無污染的水源

很多仲介業者只管賣地，不管有無水源或水源不足，造成用戶之間搶水。

山上新住戶不斷截取有限水源並排放污水，讓世居山下的原住戶，提出嚴重抗議，雙方協議不成，以致糾紛擴大演變成雙方互控，最後監察委員下鄉查案，不以積極態度主動協助解決，反以消極手段施壓。諸如此類的事件時有所聞。地方政府更是混帳，未能居中協調，不思積極建立簡易自來水及下水道工程等設施，而以告發、取締、拆除為樂。本地區就有這樣一個不愉快的案例，讓幾十家新住戶心力交瘁。

四、要有便捷的交通

人難免有些病痛，尤其是退休銀髮族，如果沒有便捷的交通，重病送醫時程耽誤，很可能就一命嗚呼！因我的狀況特殊，稍有受傷或病痛必須立即到林口長庚醫院急診，記得五年多前不幸被獒犬咬傷，在七十分鐘內就趕到醫院急診。

五、選擇避風地點

台灣北部地區秋冬季時常有東北季風吹襲，而在山上風勢更加強勁。山上就有幾戶人家買地時正是風光明媚、鳥語花香的春天，但等到整好地、蓋好房子搬進來住以後，才發現一年中幾乎一百多天是吹東北季風，嚴重時關閉門窗仍無法抵禦刺骨寒風。所以他們逗留在山上的日子越來越少，住不到一年就想賣掉房地。自己不喜歡，又何忍加害他人。何況按新的農發條例，必須滿五年後才能脫手。

參、考量自己的財力

目前休閒地的行情是依據仲介業者是否已投資開發、交通是否便利、坡地平坦或陡峭、大環境與小環境景觀是否優美來決定，通常土地價款從每坪四、五仟元到上萬元不等。所以購買一塊休閒地，就必須具三百萬元以上到一千多萬元。而購建農舍，不論鋼筋水泥、木屋及輕鋼架的建材，也必須要有二百萬到千萬元資金。總計要到山上打造桃花源，必須花費五百萬到兩仟萬資金，這還不包含整地做道路、駁坎、排水溝以及造園植栽費用。除此之外退休銀髮族更要考量以後的生活費；就有這樣的案例，買地蓋房子用光積蓄，最後無法撐下去，想賣一時又賣不出去。

肆、衡量自己的體力

退休的銀髮族，尤須考量自己的體能狀況。畢竟到山上來，必須先苦才能後甘。要具備披荊斬棘以啟山林的精神。前兩三年是最辛苦的，要有心理準備。除非你是有錢的大爺，花錢請人做，但那當然也就少了一份成就感。

山居歲月中最佩服的就是施老師，過去她是個勞心到心力交瘁的女權運動領袖，現在則成了可以在山坡上除草超過三、四個鐘頭而毫無倦容的「歐巴桑」。她的超人毅力經常令我們夫婦感到汗顏而自嘆不如。而自力造屋的科技新貴徐逸輝先生，及放棄經營便利超商優渥收入的劉順光先生，兩人為了打造夢土，更是利用晨跑或放棄午休到健身房鍛鍊身體，以應付打造庭院所需的體力。

我以為六十歲以前還可多勞動，至於六十歲以上就要視體能狀況，必要的吃重工作，必須請人幫忙或僱工，不要硬撐，畢竟身體做垮了得不償失。

如果平時就茶來伸手，飯來張口，五穀不分，四肢不勤的先生們或當慣了少奶奶的女士們，我建議最好不要到山上來，否則山居不是享受而是受罪。

伍、要有過簡單樸素生活的心理準備

山居生活要適應沒有電視沒有報紙、甚少鄰居朋友來訪的清苦日子，沒有十足的定力，是很難不受紅塵俗事羈絆的。

陸、要有各項設施使用維修的技能

山上沒有自來水，飲用水引自山泉，遇雨或各種災害容易堵塞或斷裂，必須經常巡視，並予以維修以保水源暢通。雨後路滑，山溝巨石林立，一不小心可能摔得人仰馬翻、鼻青臉腫。

各種電器用品也極易受潮故障，最好具備基本的保養維修能力，因此各種必要的手工具及電動機具都要學會使用及維修。

柒、慎選好的鄰居

這點非常重要，山居生活難免遇到諸多問題，「遠親不如近鄰」這句話在山上比在都市更為貼切。山上宵小特多，如有好鄰居關照，守望相助，會讓人住的安心，不在家時也能放心。見到很多山上的鄰居常為了一些雞毛蒜皮小事爭論，甚至變成仇人，想來也真為他們悲哀。

捌、呼朋引伴小心後遺症

邀集好友共同買地，日後彼此成為好朋友好鄰居，本是一件很好的事，但產權一定要分的很清楚，如非必要，土地所有權不要共同持分。社區整體規劃，如整地，道路，駁坎，用水、排水等公共設施及經費的分攤均要取得共識，否則只要一家有不同意見，那就是煩惱事件的開始，最後再好的朋友也會感情破裂，甚至成為仇人。

玖、多觀摩多請教

購買土地後不要急著動土，一方面那是違法的，經人告發會被取締、罰款。可利用申請合法動土期間，多向同好先進觀摩請教，我相信他們都會很樂意傾囊相告。我遇到很多人，在買地後聽不進任何忠告，自以為是、一意孤行，結果造成天大的錯誤，想補救沒有機會。如今苦嘗惡果，也成為別人茶餘飯後的笑柄。

拾、歡喜做甘願做，口不出惡言

打造新家園是自己選擇的，實現夢想的過程雖然辛苦但卻是最快樂的事。然而我卻遇到很多人怕苦怕累，遇到困難叫苦連天，甚至牢騷滿腹、口出惡言，真不知道他們來山上做什麼？

以上列舉十條教戰總則，都是將近八年來尋覓夢土及築夢桃花源的親身經驗及所見所聞。很多是付出血的教訓及慘痛代價所換取的。如付了十萬元訂金，結果仲介拿了錢不久就不知去向，後來預訂的那塊地在桃芝、納莉颱風所挾帶的豪雨連番侵襲下被沖刷掉了。接著又與朋友共同持分購買一塊山林地，結果共同持分人的親人對我們整地興建農舍橫加干涉與阻撓，如今花三百萬元購買的山林地仍閒置在那裡，借、貸款至今仍未還清。

歷經種種困難，總算皇天不負苦心人，現在這塊「優美勝地」讓我得以安心養病、養心、養老。謹在此祝福有志築夢桃花源的朋友，都能順利覓得理想夢土。

波特尼山岸
歡迎光

開啓人生的另一扇窗

首部曲：自力造屋

■ 徐逸輝

每個人對自己的未來都曾有過很多夢想，而且隨著年齡增長會不斷改變。自從想成為一個有為青年開始，我就不斷地為自己做生涯規劃，自以為傲地認為這就是我該走的路、這就是我要達到的目標、這就是我要過的生活，並且不時勉勵自己往規劃的方向走去。然而，這條路上很是擁擠，有很多人同行，只得汲汲營營，因為不進則退。為了不落人後，有很多事要做，有很多東西要學，不管有沒有興趣，要懂得理財之道，要關心時勢，要培養第二專長，要經營人脈，要不斷充實專業知識，要學習企業管理，要懂金融會計，要知道流行趨勢……

幾年前換房子的時候，向我買房子的買主跟我說，他原本出門是為了買冰解饞，沒想到買了一棟房子。我當時只是會心一笑，心想還好他一時興起想吃冰，否則不知還要多久才能把房子脫手。

人生實在奇妙，冥冥之中自有安排。幾年後，自己也因為到南庄賞油桐花而買了一塊地，還在這兒遇見了施寄青老師，參與了侏儸紀故鄉營造協會的創立與成長，更意想不到的，居然與家人在這塊地上親手蓋一棟小木屋。然而，意想不到的事總是接踵而來，現在，居然在電腦前寫這篇自力造屋的文章。人生，總不按照規劃行進，因緣際會地走出自己的路。這就是生命的美妙之處。

● 規劃趕不上變化

買地前，我住新竹，有個別人眼中極羨慕的庭院，大約有20坪。庭院是我與太太一同設計的，來過我家的人，都會對這個庭院發出讚嘆。院子裡種了很多花草樹木，高大的阿勃勒樹下，還擺了鑄鋁的庭園桌椅，圍牆上爬了一片炮仗花。因為庭院夠大，還養了兩條狗，也有一些不請自來築巢而居的小鳥，或乾脆常住在院子裡的蜥蜴。家裡頭則有幾只魚缸，養孔雀魚、小太陽等小魚，魚缸裡種滿了美麗的水草。

假日最常與家人閒逛的地方是花市，除了看花買花外，還可以順便看看可愛的小狗與小鳥。要放鬆心情時，全家最喜歡去的地方是森林遊樂區，可以登山健行親近大自然，偶而在山上木屋民宿住上一晚，更能感受山上的寧靜與森林的清新自然。久而久之，開始夢想在山上擁有一棟小木屋，但真的止於夢想，因為還有太多的事情要做，在我的生涯規劃裡面，小木屋這檔事還排不上時程表，應該是退休以後的事吧！

有時幾個好朋友結伴出遊，也會談到人生規劃的問題，其中有一項常被我們拿出來聊：如果你有一筆錢，你會把它花在哪裡？買地購屋置產？還是去旅行？大部分已經有房子的人選擇後者，包括我在內，因為旅遊可以到不同國家，看不同的風俗民情，吃各種美食，還有人為你服務，不亦樂哉！但現在，我居然會去買地蓋屋，還為此縮衣節食、甘之如飴，真是人算不如天算！

● 生活大不同

四年前在報紙上看到一則半版的廣告，上面寫著南庄有個地方可以觀山、望海、看夕陽。印象中，南庄應該是個山地鄉，怎麼可能望海、看夕陽呢？恰巧那時是油桐花盛開的季節，於是帶著好奇的心情，去探索那個可以觀山、望海、看夕陽的賞花地點。在經過田園、村莊和綠徑之後，終於到了一處插滿旗幟的平房，至此才發現原來是個賣地的推案。本來只想來看花賞景，探尋那個怎麼可能「望海」的地方，結果不看便罷，看了之後，馬上被眼前美景深深吸引，台灣居然有這麼美的地方！當場做了一件不理性的決定——下訂買地。理性的決定往往在預料中，而感性的決定卻影響人的一生。當感性出現的時候，理性往往靠邊站，任由感性發揮它的影響力。

買了地之後，我發現以前做的園藝植栽都是小兒科，家裡的植栽搬過來，完全淹沒在大樹及雜草之中。山上強健的颱風草、芒草和各種不知名的野草，以超乎想像的速度蔓生。自己雖然在鄉下長大，也曾隨長輩在山上除草整地，但是經過十多年的退化，面對這些蔓生的野草、崎嶇的土地，有著不知所措的挫折感；帶點逃避的心情，想說反正不急著蓋房子，就讓這些野草再多長幾年吧，使出拖字訣來掩飾自己的挫折感。不過此計被妻子識破，只好硬著頭皮，希望以滴水穿石的毅力，嚐試著把荒煙蔓草改造成夢想家園。

由於全家都很喜愛大自然，對自然環境以及生態保育的問題特別關心，所以買地時，就決定儘量維持原來的地形地貌，儘量保持這塊地上的原生樹木，只在水土保持的需要下，小規模整地，其他部份則以人力所及為限做整理。大原則決定了以後，就開始買一些農用工具，如鐮子、剪子、鋸子、掃刀、鋤頭等，準備跟野草、土石做長期抗戰。我還記得第一次扛鋤頭工作之後腰酸背痛的感覺，還有搬不動石頭時莫奈它何的感覺。當時心裡想，舒服的日子不過，卻跑來對付這些野草、泥土、石頭，實在是頭殼壞去。但是，酸痛過後的暢快，一點一滴的成就，卻讓全家大小做得更起勁。後來又陸續買了圓鍬、畚箕、斗笠、耙子等工具，甚至DIY做了一台運土推車，從此，放假就常耗在山上做這些粗活。

原本大女兒非常不喜歡被泥土弄髒的感覺，這段時間下來，她有很大的轉變，她可以和妹妹一起玩土，在堆肥上玩溜滑梯，還利用各種現成材料，像樹葉、野果、泥土、樹枝、雜草等，靠想像力玩出不同的造型，扮演不同的情境。有時也請她們幫忙做點小工，一起拔拔雜草、撿撿石頭。或許大部份人會覺得做這些事情很辛苦，怕累、做不來，但是我們全家卻累得很起勁。全家在綠蔭下、和風中辛勤工作，然後享用一頓野餐，再休息一下、聊一聊夢想，真是一大享受。

我們的生活變得更多采多姿，這是一般人無法體會的。以前為自己定下目標，每年要出國旅行一次，覺得出國旅行才能放空自己、排除壓力、增廣見聞，卻往往在旅途、人潮、買紀念品、參觀古蹟名勝中匆匆渡過；不然放假時也要四處走走，或來趟旅行，或到不同的餐廳吃飯，不過，這些活動雖然可以得到一時的放鬆，卻不能讓我們在心靈上得到安頓。現在呢，我們縮衣節食，為了打造理想家園，我們決議這幾年不出國，減少國內旅遊，減少到餐廳用餐，但由於對森林及山中咖啡屋的喜愛，我們偶而還是會到各處山中咖啡屋走走，順便喝杯咖啡，吃個便飯，尋找整地蓋屋的靈感。山中咖啡屋是我們創意的啟蒙，這幾年山中咖啡屋如雨後春筍般興起，苗栗南庄、台中新社都有很不錯的點，店主人的創意作品、園藝及蓋屋的方法、造型，都是我們觀摩的重點。

我們一家一家看，邊看邊做我們的木屋夢。我們是愈看愈有興趣，在書店裡看書時，會不由自主地去找尋相關書籍，甚至主動到各家書局去找相關的書目，現在家中的書，多是園藝、造景、木工DIY或美麗木屋的書籍。不要小看上述的任何一項，每一項都讓我們對細節了解得更透徹；例如以前只是去花市買點植物回來玩玩，現在則會慢慢去了解每一棵樹的名字、習性、樹型、花果甚至功用等。同時，也懂得尊重植物的生命力，以前花草枯死就算了，重新換過新的植栽就好了，但自從學過培育後，發現植物生命力如此神奇，可以利用各種方式繁衍出另一株生命，從此不再小看它們。

●造簡易工寮

由於農作工具越來越多，加上野餐用具，每次來回攜帶非常麻煩，總覺得如果有個遮風避雨的地方可以存放這些東西，會省很多麻煩。於是決定先蓋個簡易工寮。

當初買地時，不敢告訴老爸，擔心他會說我們太瘋狂，但是，終究紙包不住火，只好硬著頭皮由妻子向他透露這件事。沒想到比預期的順利，老人家還蠻喜歡的。整地時，我想邀請爸爸共同參與，妻子原本不太贊成，她覺得爸爸年紀大了，不好意思請他做這種粗活。其實爸爸從年輕時候開始就常到山上果園種植農作，體力絕對不輸我們，經驗更遠在我們之上。最後妻子勉強同意。自從老爸加入我們的工作行列後，果真如我所料，累積數十年的經驗，在這片土地上得到發揮的空間。

蓋工寮之事，本來想，由老爸傳授技巧後，我應該可以獨立完成。但是在蓋垮兩座以後，決定還是由老爸親自出馬。我們利用當地

的竹子，加上帆布，搭了一座小工寮，還搭了一座簡單的廁所。老爸還得意地說即使颱風來了也不怕被吹走。工寮裡面起初只擺我們的農具以及野餐用具，後來又陸續搬來了躺椅、吊床等等。我們還到南庄的木材行，買了一些木料，父子倆一同做了兩套休閒桌椅，可以邀請好友們在花季時前來賞花。

整地更難不倒老爸，我們運用枕木，在不影響地形地貌下，整出一些平台以及階梯，從此走在林間更安全自在。我們一家人常在假日上山工作，中午一起在帳篷內吃中飯、聊天，看著山景，聽著森林裡各種美妙的聲音，有種平靜而滿足的心靈感受。但是，夏天工作實在很熱，蚊蟲又多，下雨天則更糟，尤其上廁所更是不方便。看到這裡，大家一定很好奇，既然如此，怎麼不早點蓋房子呢？

● 政策繁複，山居大不易

其實買地時，我們還不太了解政府的法令如此繁複，譬如「農業用地興建農舍辦法」規定：申請人之戶籍所在地及其農業用地，須在同一直轄市、縣（市）內，且其土地取得及戶籍登記均應滿二年者。申請興建農舍之該宗農業用地面積不得小於零點二五公頃。如果買的地目是林，還要申請森林登記證，如果買的地目是農牧用地，還要申請農業設施，動工開挖整地，還要申請水土保持，還有什麼無農舍證明，非水源保護區證明……層層關卡限制了台灣人與自然為伍的夢想，政府似乎也沒有好好規劃，法令政策一堆，主管單位也一大堆，連號稱科技人的我們，都一頭霧水，更何況是那些務農的農民？與他們聊天時，會發現他們不太了解，為什麼在自家土地上挖水池、開路是不合法的，他們生活了幾十年都是這麼過的，現在卻不合法，也不知道怎樣才能合法。政府這幾年持續推動休閒觀光產業，也鼓勵年輕人回到自己的家鄉，但是看到很多不合理的政策及法令，導致很多人在不知情的情況下違反法令。美好的鄉居生活，大家都很嚮往，很多人不遠千里跑到國外去渡假，享受自然而富濃郁人文內涵的景緻，台灣為什麼不能打造這種環境，適度推廣親近自然的生活呢？希望政府能整合或減化申請程序，否則受限制的還是善良老百姓。

●決定自己動手蓋木屋

雖然法令規定繁多，但實在是喜歡待在山上的感覺，怎麼辦呢？沒有棲息處，蚊子又多，小孩沒辦法寫功課，每當勞動後，滿身汗水也無法梳洗，非常不方便。我們反覆討論後，決定先蓋一棟「小」木屋，或者稱為工寮，不超過45平方公尺（13.6坪）的法定標準。因為法令規定：建築物之建築面積在45平方公尺以下，簷高在3.5公尺以下者，或農業區內依都市計畫法台灣省施行細則之規定，准予興建之自用農舍，得免建築師設計、監造及營造業承造。起初只想請木屋包商幫我們蓋棟合於規定的小屋，可以休息兼放置工具，後來，地主桃姊鼓勵我們自己動手蓋。自己心想，既然那麼喜歡DIY，搭工寮和整地也都自己來，何不連木屋也來DIY。和老爸談起這個想法時，他直說不可能！當時連自己也覺得不太可能，但是，這個想法不斷醞釀，我到書店去找建築方面的書，找尋了幾個月，終於找到Edward Allen原著、呂以寧．張文男譯的《建築構造的基本原則：材料和工法》這本書。當時真的很高興，如獲至寶，買回家後認真地K了幾天。看過這本書後，我終於有信心告訴家人：我們可以親手把這棟「小」木屋蓋起來。

●開始繪圖

決定自己動手蓋木屋以後，第一步是繪圖，先從房子的外觀設計開始，最後到細部的結構圖。因為只能在下班後利用閒暇時間來設計，而且必須在這麼小的空間內考慮到各種可能的需求，以及施工上的可行性及往後的保養問題，而且我完全沒有相關的背景和經驗，在設計期間還要勘查座落地形與方位、跑木材行詢問木材規格、計算各種木料的需求數量、到各大DIY賣場去看各種電動工具及手工具，有機會還跑到木屋施工現場偷偷觀摩各種施工細節，所以大概花了近四個月的時間反覆修改設計。終於，在九十二年的十二月動土施工，挑戰人生的不可能。

● 蓋屋過程

→ 選購工具

由於自己喜歡DIY，手工具早就一應俱全，電鑽、電動線鋸及鏈鋸也早具備，但是光靠這些工具要蓋一棟木屋是不夠的。工欲善其事必先利其器，我添購了桌上型圓盤鋸、手持式圓盤鋸、電動打石機、電動刨刀、電動修邊機、電動磨砂機、ㄇ型氣動釘鎗等，為了製作傢俱，又買了組合式木工桌及專用倒掛型圓盤鋸，還向朋友借了氣壓機、大釘鎗、中釘鎗、長短梯等。

→ 定購材料

木材數量是依結構圖實際計算所得再酌加5-10％，由於沒經驗，雖然很仔細地依細部設計的圖面來計算材料，實際誤差還是大到約30％，還好木材行老闆不厭其煩地幫我們補材料。木材行老闆聽我們說要自己動手蓋木屋，起先不太相信，因為他賣木屋木料這麼多年來，從來不曾有人向他買木料卻說要自己動手蓋。等我們去訂料的時候，他才真的相信我們沒有唬弄他，而且還非常熱心的指導我們一些他從木屋師傅那兒學來的知識。其實我自己也是在第一批一大卡車的木料運到工地的時候，才真正感覺到，這一次——玩得真大。

我們使用的木屋建材中主要的木料分為有防腐及沒有防腐兩類：

有防腐的有以下四種：

柱材：主要用在支撐屋子本身及陽台的屋頂，也可做為陽台欄杆柱。

結構材：主要用於支撐牆壁及做欄杆。

地板材：主要用於室外、陽台或露台地板以及地板橫樑。

魚鱗板：用於外牆防水之用。

沒有防腐的有以下四種：

屋樑：用於支撐屋頂或樓板。

夾板：有三種厚度，最厚的用於地板，然後是屋頂及最薄的用於內、外牆。

內裝板：用於封裝室內的牆壁或屋頂內側。

室內地板材：用於鋪設室內地板。

除了木料以外，還要防潮紙、可樂瓦、隔熱玻璃纖維綿，各種長度的一般鐵釘、釘鎗用釘、鍍鋅鐵釘、木螺絲釘及水泥、砂石等。

→ 定樁拉線

量水平拉基線是我覺得最難、卻是最重要的一部分，如果水平或角度沒抓準，往後將無法順利施工，我用的工具是水管、捲尺及鉛垂，用來量水平、距離及垂直，再用角材定位，花了一整天工夫才完成房子及陽台的部分。到後來才知道有定位儀器，可以發射出雷射光定出水平及垂直線，非常方便而準確。

→ 挖掘坑洞

這是很花體力的工作，必須挖出一個1米乘1.2米乘2米的坑洞作化糞池，以及24個40公分立方的坑洞用來豎立支撐房子及陽台的木柱。我們全家老小出動，用圓鍬、十字鎬、鋤頭及電動打石機，一共花了兩天才完成。看見兩個讀國小二、三年級的女兒在坑洞中跳進跳出的幫忙搬土、倒土，頗為投入，而且邊工作邊玩，樂在其中，心想這兩個孩子真幸運，這麼小就可以參與這麼不一樣的人生經驗。

→ 灌漿立柱

這是最累人的工作，而且必須非常小心的重新調整每支木柱的水平及垂直，我們完全以人力方式搬運笨重的水泥及砂石，然後加水攪拌水泥及砂石，再灌漿到坑洞中，一天下來，個個腰酸背痛。幸虧還有鄰居及朋友來幫忙，才能在一個工作天就把這最累人的工作完成。

→ 地板結構

廿四根地基木柱立好後，接著就是架地板結構或撐地板樑，以及鋪地板的夾板。我參考書上所用方法，在鋪夾板前先在地板樑上糊上矽膠，再釘上夾板，如此，地板會更牢固，而且走起來比較不會有聲音。地板結構剛做好的時候，由於還沒有承重，所以沒有注意先幫地板結構做斜撐，來加強它的承重強度；完工後，才想到加強斜撐，但是某些承重大的地方已經有點下彎，還要想辦法把它們撐回原來的高度後，再加強斜撐或支柱。

→ 房屋結構

基柱完成後，就開始以結構材一面一面地釘製出牆壁結構，再豎立起來組合固定。有點像是組合玩具，牆壁結構除門及窗戶開口以外，都要用釘鎗把夾板釘在結構材上固定，封住牆壁的外側（註：內側要等水電佈建完後才封起來），再用臨時斜撐固定在地板上，這樣可以讓牆壁比較穩固，足以在結構完成前支持閣樓、屋樑和屋頂而不傾斜。

→ 屋頂

蓋屋頂對我來說算是工程中比較困難的地方，因為屋頂是斜的，一來切割木材時有角度的問題，並且由於沒有經驗，常常一支樑要上上下下試好幾遍才OK；二來在斜屋頂上施工，對有懼高症的我來說，是一件挺恐怖的事，有時腰上要繫上安全繩才敢到屋頂邊緣施工。幸運的是在屋頂施工時，弟弟剛好輪休，有三個人一起施工，便可以兩個人在屋頂二端施工，一個人在地面裁切和傳遞木材，如此便能減少扛著屋樑爬上爬下的辛勞。我們採用露樑式的工法，也就是說在房子裡看得到屋樑。露樑式屋頂從屋裡看起來比較粗獷而有立體感。屋樑架好後，上面先鋪一層福杉板，福杉板上面再鋪一層夾板，夾板上再鋪一層防水氈和可樂瓦。

完成屋頂是重要的里程碑。在此之前，必須經常加緊趕工，以防施工途中下雨；一則沒有防腐的木材怕泡水，二則泡過水的木料會變很重，難以施工，施工完還會縮水產生縫隙。很幸運的，有弟弟及老哥休假時來幫忙，人多好辦事，這時可以體會農業社會為什麼要人丁興旺。老天爺也很幫忙，在屋頂完成前只來了幾次寒流而沒有下雨，完成屋頂後大家都鬆了一口氣。

→ 露台

由於木屋緣山而建，露台必須順著坡度設計成梯田狀，露台的地上原來就長著幾棵樹，我們決定把它們保留下來。因此露台的樑必須避開樹木，又要留洞讓樹繼續成長，這種設計感覺上有幾棵高大的樹木從露台拔地而起，甚是好看。

→ 外牆魚鱗板

外牆採用魚鱗板的主要原因是比較輕，而且容易施工，在夾板上貼好防水氈後，一片疊一片的以釘槍釘牢在外牆夾板上就可以了。不過，由於我們沒有釘鷹架（其實也不知道怎麼釘，因為書上沒有講這

部份），在釘高處的板子時，只能用梯子上下，長梯子會滑又不穩定，還蠻危險的。有一次，我的梯子滑落，說時遲那時快，我及時攀住屋簷，掛在屋簷上下不得，趕緊呼叫老爸，老爸顧不得膝蓋疼痛的老毛病，從沒有樓梯的閣樓上，三兩步躍下，扶起梯子把我解救下來。還好蓋屋期間，我上班日都會到公司健身房鍛鍊體能，蓋房子做粗活也讓體格精壯不少，否則掛在屋簷上，還不知道撐不撐得住哩！

→ 內牆夾板和裝飾板

水電管路完工後，我按書上的工法，用夾板先將內牆封起來。不過，也有些工法並沒有先封夾板，而是直接以企口內裝板封裝內牆。夾板可以增加牆面結構的強度，所以我決定先封夾板再封內裝板；如果講究一點，兩面夾板間還可以填裝防火隔熱材料，不過台灣沒那麼冷，所以省了這道工程。

→ 門窗

門窗是一棟房子的靈魂，也是我們這棟木屋最有特色的地方，我堅持完全用木料手工打造，而且每一扇門都設計不同的造型，比起鋁製或塑鋼製的門窗，感覺更溫暖而粗獷。由於門窗設計得大而多，加上沒有木工經驗，而且垂直水平密合度要夠好，才關得起來，光這些門窗，就花了三、四個月的時間。不過辛苦是有代價的，它們給了這棟房子與眾不同的感覺。

→ 樓梯

樓梯也是傷腦筋的地方，為了節省樓梯所佔的室內空間，在迴轉部份採用四十五度角的斜階梯，讓施工更為困難。由於沒有經驗，甚至連樓梯階數要設計為奇數的傳統知識都不知道，施工到最後一階，才發現與其他階不等高，還好是DIY，否則業主可能要求拆掉重來。不過值得慶幸的是，它還蠻牢固的，而且底下還可以當小儲藏室。

→ 衛浴

我們連衛浴的磁磚都是自己動手貼的，我稱它為普羅旺斯風格（其實是貼得不太工整所造成的風格）。再裝上分離式淋浴間、置物架，這個比一般浴室挑高的浴室，木造加上暖色磁磚的設計，給人十分放鬆的感覺。

→ 吧台及桌椅

吧台及桌椅也由自己親手完成，製作前還參考了朋友家裡及一些店家的設計，太花俏的我們不喜歡，太複雜的我們做不出來，最後做出簡單實用而具粗獷風格的吧台和桌椅，全用實木製作，桌子則以磁磚貼面，美觀又好清理。

正如人生不會按照規劃走，我的施工進度也跟我的預期有不少出入，有時比較快，而大部份時候比較慢。其中最主要的原因是沒有經驗，不是量錯、鋸錯就是釘錯，而錯了再重來，不但耗費人力與時間，材料也可能報銷掉，或留下不美觀的釘孔或鋸痕。不過有了一次錯誤經驗以後，再做第二次時就會順利很多。其實這可以反射在平常工作或人生處事上，犯了錯往往需要很多的時間及心思去彌補，而且往往留下疤痕，不過，從錯誤中學習卻是成長進步很好的方式之一。害怕錯誤而放棄嘗試，才是最大的損失。

蓋屋的這段日子裡，好幾次遇到低溫特報，山上冷風強勁，戴上毛線帽工作仍然很冷，但常有山上鄰居及朋友前來關心打氣，或提供工具，或動手幫忙，或料理餐點，或送點心，在寒冬中讓人備感溫暖，點滴在心頭。有時忙裡偷閒，與家人坐在屋頂欣賞落日美景，聊聊天，感覺寧靜而幸福。每當完成一個階段，在落日餘暉中，甚至月光下，欣賞著全家人共同打造的成果，所有的辛勞酸痛都可以得到舒解，帶著滿足的心情回家，並期待下一個假日的來臨。

有些人上山是為了享受大自然的寧靜與美景，而我們一家人除此之外，還得到了不一樣的人生體驗；我與老爸最最驕傲的事，就是共同築夢，蓋這棟純手工打造的小木屋，發揮想像，享受創作的樂趣。

二部曲：造屋點滴

■ Aurora Lu

經過十個月的努力，木屋終於蓋好了，許多和造屋有關的點點滴滴，匯聚成寶貴的人生經驗，也使我的人生有了戲劇性的轉折。其實跟所有故事一樣，精采的情節總是在後頭才陸續出現！

● 勇往直前的執著與熱情

我們的房子整整蓋了十個月，比原先的預估多了兩倍。原因在於台灣並不像歐美DIY風氣興盛，歐美有專門的木屋零組件賣場，還有指導蓋木屋的書籍及網站。加上家人中又沒有人做這一行，要自已動手蓋

木屋當然就格外辛苦，賣場的工具與材料不齊全，很多配件都得去問去找，箇中艱辛很難想像。因為先生要上班，常常就是我開著車子去找蓋屋的相關配件及材料，東奔西跑還不一定找得到，加上女人對工具、配件及材料的東西，常常一知半解，跑半天還買錯東西是常有的事。日子就這麼緊湊地過了十個月，期間只休了一天颱風假，沒有休假的日子，若不是憑藉著一股執著與興趣，實在很難熬得下去。

記得今年春節前，先生與我討論蓋屋的進度，當時他建議我不要回娘家過年，把握連續假期趕工，原先我不太願意，但是，我們實在只有假日才有空蓋房子，只好與父母商量，徵求兩位老人家的同意後，先將小孩送回娘家過寒假。春節期間，兩人就傻傻的在山上蓋了好幾天的房子。當時房子牆壁還未完封，剛好又碰上寒流來襲，冷風從四面八方灌進來，透徹心骨，真的非常冷，即使我們身上穿很多衣服，頭上戴著帽子，嘴上帶著口罩，全副武裝上工，依舊無法阻止鼻水直流，連手指也僵硬得不聽使喚。不免心想，怎麼好日子不過，卻跑到山上來受這種罪，真是兩個瘋子！

我們的得力助手

我的公公與阿姨，是我們完成木屋的最大功臣，可以說沒有他們就沒有這間木屋。公公雖然快七十歲了，但是因為早年有務農的經驗，體力不錯，很多人都猜錯他的實際年齡。他也是DIY的愛好者，曾自己搭過菇寮，砌過魚池、鳥舍……等，不過蓋木屋卻也是大姑娘上花轎——頭一遭。公公是隨和的人，對於我們自己蓋厝的提議，雖然起初有點錯愕，卻沒有多加批評。由於木屋DIY需要人手，他也欣然加入，而且與阿姨全力投入。我的婆婆，在幾年前因病過世，阿姨是我在署立醫院社服室工作時的志工夥伴，從國中鋼琴老師的身份退休後在醫院幫忙服務病患，是一位性情非常好的人，她平時要教授鋼琴，假日沒課時便上山幫我們蓋木屋，挽起袖子用平時教授鋼琴的雙手做起粗活，一幫就是十個月。現在的阿姨，除了教授鋼琴外，鋸枱、釘鎗都難不倒她，實在厲害。

我的小叔，在我們工程中最艱難的階段，幫我們很大的忙，工程最艱辛的部份，莫過於蓋屋頂、上樑、封上層牆板等，必須扛著大件木料上下攀爬，危險而辛苦。小叔適時地幫忙，是重大工程能順利完成的主要助力。

我的兩個女兒，分別讀小學中、低年級，從一開始，就跟著我們蓋木屋，雖然大忙幫不上，小忙倒是幫了不少。

我們木屋中有一枝從木材行買來的台灣檜木，現在是支撐木屋的台柱，不過當它還躺在木材行草叢裡的時候，是一枝外層焦黑沒有人看得上眼的木頭，它在木材行邊的草叢裡靜靜地躺了十數年光陰，還被旁邊種菜的大嬸在燒雜草時，差點把它跟它的難兄難弟們燒成一堆黑炭，然而，現在卻因緣際會地成為我們木屋中的台柱和目光的焦點。不過，為了幫它整理這層焦黑的外皮，卻讓大家吃了很多苦頭，我們用過很多方法，包括向朋友借水壓機沖洗，使用柴刀、鋼刷、磨砂機……等等，動用過所有人力，包括女兒、阿姨、我、先生、公公，都曾蹲坐在地上磨這枝焦黑的台灣檜木。經過眾人的努力改造後，現在的它，驕傲地矗立在房子的中央，散發著台灣檜木特有的香氣與蒼勁的魅力，受盡眾人的讚美與尊崇。

● 好奇的參觀者

蓋屋的十個月期間，常有很多人跑來看我們蓋房子，可能覺得太神奇了，一家人自己蓋木屋？真的假的？大概現代社會很少有這樣的傳奇故事，所以參觀的人還真不少，每個禮拜幾乎都有參觀者來到現場。尤其是木材行的莊老板，賣了這麼久的木屋材料，還沒見過自己蓋的，所以常向他的同行提起我們，還帶他的朋友來看我們施工。參觀者當中，有許多專業人士，其中如果有木屋師傅來現場，我們就會趁機當場請教，他們也很樂意傳授經驗，讓我們受益良多，而師傅們對我們能無師自通也多嘖嘖稱奇。有時候也會碰到想自力造屋的人來訪，我們也同樣很樂意把我們所知道的跟他們交流一番。也有建築師和結構工程師來過現場，對我們的木屋結構提出他們的看法，在他們的眼中，跟鋼結構或混凝土結構比起來，我們的木結構顯得不夠安全，還好心地勸我們颱風天不要待在裡面。事後我們針對建築師的建議，加強了一些支柱，不無助益。還有清大木造社的朋友兩次造訪我們，也相互交流意見，我公公還特別跑去清大觀摩他們蓋的房子，做為參考。其他遊客則在他們腦海中多了一件親眼目睹的奇人異事。

● 艱辛的細部工程

蓋屋過程中，除了結構外，最難的就是堅持自己的想法。在門窗設計上，我們決定全部採用木頭來做，當時除了公公不太贊成外，很多人也持相反意見，因為困難度高，又不知道能做出什麼成果？即使做得出來，也不知道能不能擋風防水？加上我們在門窗的設計上，沒有按照傳統的尺寸設計，總想，在山上居住，應該多點視野上的綠意，所以門窗上花相當大的功夫，記得做第一個窗框就花了一天的時間，因為兩片窗框要密合才能關得上，算一算我們的窗框門框，大大小小也要十六、七個，但我們只有假日才有時間來施工，哇！感覺真是遙遙無期。最後，先生還是排除眾議，前後花了三、四個月的時間來完成這個工作。當然，門窗安裝也是格外辛苦，因為不是請人訂做，所以沒有工人幫忙安裝，全部都得自己來，我們做出來的門窗又大又重，安裝起來非常吃力，還常來回拆裝好幾次才完成。相當感動的是，公公就這麼幫著製作、安裝，真是難為他了！因為這真的是一件吃重的工作，不過，安裝上去的感覺，確實是很不錯，這點令我們感到非常欣慰！

另外衛浴施工也很難，如果是水泥房屋，就不用考慮太多，但我們是木屋，如何讓木屋的衛浴不漏水，著實讓沒有經驗的我們傷透腦筋。我們想了很多方法，綜合各家的說法後，最後採用的是，先將夾板細縫用矽膠填封，再擦上一層柏油，然後擦上防水PU膠，放入鐵網後灌入水泥，最後貼上磁磚。全家出動，擠在浴室裡抹水泥，過程之繁複勞累，實不足為外人道也！磁磚貼好後，看起來不太平整，不過我們堅稱這是普羅旺斯才有的風格！

我覺得最難熬的階段應該是最後收尾的工作，明明覺得就要完工了，仍然有一堆未完成的小地方等著你，一個星期接一個星期地過去，就像到了「一鼓作氣，再而衰，三而竭」的第三階段，心情已經慢慢鬆懈，卻仍有一大堆事情等著，如此心境最是難熬。

●戲劇性的轉折

通常會到山上買地蓋屋，都會買個兩三分地以上，而且不喜歡太密集，所以我們口中的鄰居，可能是隔一個山頭或在另一個山谷，因此

山居生活雖然優閒自在，卻有人煙稀疏的感覺。在山中蓋屋十個月，心情轉折很多，在山中蓋自已夢想中的小屋，雖是件浪漫的事，但畢竟我們還年輕，想到如果房子蓋好了，只來度假，久了會不會太無聊？招待親友？種花拔草？爬山健行？喝下午茶？既然來訪的朋友及訪客，都很喜歡這裡，獨樂樂不如眾樂樂，不如就來開家山中咖啡屋，讓喜愛大自然的人，多一個放鬆心靈的地方，只在假日開放，平日還是有私人的空間。當時，剛好有幾位朋友有興趣，就著手為夢想中的咖啡屋做準備。

當然，這樣的轉折是有代價的，首先，必須更改設計，還好是木結構，這點倒不難；但是，有些原先購置好的家俱、衛浴等設備變得不適用，目前還擺在家裡閒置；還有，加大了露台空間、停車空間，增加了不少預算及工期，在完全沒有專業背景下，還得考慮空間設計、動線設計、風格設計等等，多出了很多事情，也只能量力而為了。本來只想蓋個度假小屋，後來轉變成蓋一間度假小屋兼假日咖啡屋，就像屋內那枝台灣檜木一樣，誰會想到草叢裡的一支焦黑木頭，會變成木屋裡的台柱，還是一棟咖啡屋裡的台柱哩！

●當地的阿伯

工程擴大後，首先著手進行整地，也因為整地工程，認識不少當地務農的阿伯。他們都很善良，很能吃苦，我也在跟他們閒聊中，知道不少當地的生活與人文歷史。苗栗山區沒什麼就業機會，年輕人口外流嚴重，居民以中老年人居多，早年以採煤或伐木為主，煤業及木業沒落後，這些中壯年者如今已變成六、七十歲，甚至更老的阿伯。他們大都在礦坑中度過許多青春歲月，所以關於以前採礦的歷史，對我敘述甚多。興盛時期，人聲鼎沸，吃喝玩樂什麼都有，附近礦區甚至住了上百戶人家，到沒礦可採後才封礦遷出，但也因為煤礦的沒落，這個區域才有許多大樹及自然生態得以保留下來。

這些曾在礦坑工作的阿伯，除了採礦以外，對於整地工作也相當有經驗，只是缺乏美感，終究他們不是園藝景觀設計師，以往他們整地通常是為了種植作物，而不是為了空間營造。所以整地的那段時間，我幾乎都耗在山上與阿伯們為伴，以免整出一畦畦梯田或菜園來。我們沒有請設計師，一方面是經費的考量，另一方面是擔心過於匠氣而失去自然的氣息，只好自己大膽下手規劃，希望能盡量維持山上的自然風貌。未整地前的面貌，雖很自然卻有些凌亂，常不知從何下手才好！也擔心阿伯們做不出我想要的樣子來。結果，邊做邊修正，發現他們做得比我想像中好，也會給我很多好建議，慢慢才放手做。最神奇的是，他們能就地取材，用十字鎬將石頭剖成兩半，取平的部分當石階，看起來相當自然、古樸。

去年颱風水患特多，園區很多樹莫名地從中心枯死，風一吹就倒掉。後來發現鍬形蟲的幼蟲，會藏在樹心裡，但我們從樹的外觀看不出來。有一棵樹被大風吹倒，還壓倒好幾棵樹；有些則沒有倒，但已經枯死了，不處理也不行，但樹又很高大，只好麻煩阿伯們幫忙。他們鋸樹的本領，也令我刮目相看，相當神奇，他們拿木棍綁住繩子，丟到樹梢上勾住，再將繩子綁好，然後看風向鋸木頭，讓它們向該倒的方向倒下，通常都是一次OK，不過也偶有意外，譬如樹幹會卡在其他樹的樹上等。其實整地工作，勞累程度不亞於蓋屋，未整過的地雜草叢生，蚊蟲多，被叮到滿頭包是常有的事。

● 深藏不露的鄰居

在蓋屋過程中，因常常耗在山上，也常到鄰居家去坐坐，我最常到相遇森林屋找劉老闆夫妻，聊他們在山中開咖啡屋的點點滴滴；還有地主桃姊，聊她從絢爛歸於平淡的山居生活；後來社區成立協會，認識了陳理事長夫婦——大家口中的陳博。陳博在自然生態維護上十分盡力，我們也因陳博的關係，開始認識許多台灣原生植物，造園時也不再侷限於外來園藝植栽。社區陸續舉辦活動，我們也慢慢認識很多可愛的鄰居，這些可愛的鄰居豐富了我們的生活，若沒有這些鄰居，住在這裡就沒這麼有趣了！

●遇見艾利

房子終於完工了，與朋友在八月中下旬試賣，親朋好友多來捧場，很熱鬧，但才試賣兩天，就遇見前所未有的颱風——艾利。試賣之前，也曾有兩個颱風和地震，都沒發生什麼災情，萬萬沒想到這個艾利，在苗栗下起1500公厘的超大豪雨。颱風過後，道路、電力中斷，有三、四天時間都進不了山，當時非常擔心山上辛苦打造十個月的房子就這麼沒了，那三、四天都在祈求上天保祐！路通了以後，趕緊上山查看，發現路況真的很糟，多處路基崩塌，當我們進到社區，看見房子依舊矗立在那兒時，心中有股莫名的感動。其實我們也沒有把握自己自力造的屋子能否受得起1500公厘的超豪大雨和颱風的肆虐，老天保祐，我們的房子過關了！但是道路損毀的程度，讓我與朋友不得不重新檢視開店的事。最後決定暫時封園，往後由我們自己經營。天候因素影響這麼大，誰曉得什麼時候又會來個艾利？雖然道路依舊尚未修復，不過我們還是要在開店這條軌道上繼續前進，我們與相遇森林屋的劉老闆共同的想法是，路未修好前，就各自努力進修或整理家園，等待重新出發的契機。

三部曲：戲劇性的轉折

■ Aurora Lu

一個故事總要有許多轉折才會精彩，人生也一樣。一般故事的結局中，王子公主總是得以幸福快樂地住在城堡中，我們的故事也有類似的結局，或者不能說這是結局，只能說是到目前為止的演變。這個演變不是在寫二部曲的時候就已經設定好的，而故事未來的發展也不是現在可以預知的，它總是按照自己的方向前進。不知道是什麼因緣或是力量，讓我們一家人的生活在這四年中有如此不同於一般人的發展，但是這樣的發展卻讓我們全家對未來有很大的期待，我們期待的不是結果而是過程，過程累積了經驗，經驗累積了感受，而感受則豐富了生命。

● 危機也是轉機

艾利颱風狂掃過後，山居對外的連絡道路整條滿目瘡痍，土石崩塌加上滿地被颱風吹落的樹葉樹枝和樹幹，讓人看了膽顫心驚，這讓我重新思考在山上開店需要面對的問題。原先覺得在山中開咖啡屋是件浪漫的事，加上買地後的幾年中，天候狀況甚好，四季皆美，沒遇過什麼了不得的颱風或豪雨，而且在開店計劃中已經考慮了天候因素，以為大風大雨時頂多不上山，反正這種天氣應該也沒有人有閒情逸致上山喝咖啡！但是這次颱風確實顛覆了我的想法，沒有親身體驗，再多的計劃或揣摩都不是真的，唯有真正親身經歷，才會有切身的感受。不過危機也是轉機，在等待聯外道路打通的這些天，我心裡很是焦急，同時也想了很多，上山查看災情時，看見一位山上鄰人滿身泥巴在整理環境，本想搖下車窗探詢災情，順便安慰他一下，沒想到鄰人一看到是我們一家子，卻是笑呵呵地跟我說他的災情如何如何，雖然損失慘重，卻是一副樂天知命的樣子。本來想安慰他，反而讓自己的心情得到了安慰，我們既然要享受大自然賜給我們物質上的需求與心靈上的愉悅，就應該要坦然接受大自然本來的樣子。

● 重新出發

在等待復原的這幾個月期間，我去考了廚師執照，又去學網頁製作，先生也開始學煮咖啡、花茶和各式飲品，一切重新來過。我學習了中、西式甚至南洋風味料理，也學習烘焙技巧和甜點製作，在經過三個月的學習與摸索後，開始正式地在店裡掌廚嚐試自己的手藝。在食材採買、搭配、料理、盤飾上，雖然花了我很多功夫與時間去探索，但掌廚後仍然覺得有許多不足的地方，餐飲要兼顧養生又要美味，要與眾不同又要顧及大眾口味，只經營六、日，食材又不能久存 …… 許多餐點的問題一一出現。與客人互動多了以後，我發現自己其實有個性上的潔癖，並不是每個來店的客人，都能與自己的感覺相呼應，感覺不對的客人，總覺得難以做到自己感到滿意的服務，他們是來找服侍？還是來這裡放鬆自己？是來看看而已？還是真的喜歡這裡？是想吃大餐？還是……？有一堆的問號在我心裡：我是請工讀生服務客人？還是親自服務？人太多怎麼辦？周一到周五要不要營業？……還有一堆經營上的考量等待處理。例如，桐花季正好也是螢火蟲季，是遊客最多的時候，所以我決定在桐花季週一到週日每天開放兩個禮拜。這兩個禮拜遊客很多，加上親朋好友和鄰居們帶來的客人，讓我應接不暇，原本定好的規則是用餐需要先預約，但是又因為不忍心拒絕客人而答應臨時點餐，弄得自己忙得團團轉，服務品質也不夠好。經過桐花季一陣忙亂以後，我與先生又仔細思考所有問題，終究我們不可能投注全力專心經營，先生平日要上班，我要接送小孩上下學，如果為了來客量與營業額，勢必要花更多的時間在經營上，甚至投入更多的資金，原本一心嚮往的悠閒氛圍也會變得忙碌不堪，這有違當初買地或開店的初衷。很多人會好意地給我們很好的建議，希望我們的生意可以蒸蒸日上，但是這些建議適不適合我們呢？我們要因為客人的期望而調整自己的做法，還是找出自已想要的是什麼？在重新出發後，我們猶如在森林中摸索前進。

● 大自然的教育

想在山上享受自然的生活，真的要對大自然懷抱敬畏之心。去年油桐花季剛過不久，下了一場2000公厘的超大豪雨，又讓山居的聯外道

路崩得柔腸寸斷，讓我們深切地感受到水的破壞力。難怪有經驗的阿伯看地時都先看水路，也就是說，看下雨時水往哪裡流，會不會造成土地切割，會不會造成崩塌，要如何防範，若崩塌，又會造成多大的損害。對於沒有學過大地工程或水土保持的我們來說，阿伯們的人生經驗給了我們最有價值的參考。在山上生活，一定要謹記「未雨綢繆」這句話，大至水溝盲流，小至屋簷滴水線都要處理好，否則它們都有可能釀成或大或小的災害，災害發生後，不見得可以復原，而且還需要龐大的人力物力。

再來又經歷了二次強烈颱風，再度讓我們體會了大自然的力量。四年前第一次來到這裡時，就被那整片油桐樹林所吸引，當油桐花掉落時，美妙的曲線和遍地的雪白，猶如置身仙境；買地後，先住進山區的鄰人卻都勸我們，油桐樹不是好樹，靠近住居或活動空間的油桐樹都應該砍除，換種其他強健一點的樹。當時哪裡聽得下去，連搭蓋露台時都寧可在露台上留幾個洞，把油桐樹保留下來，而且自己還對這樣的設計頗為得意。不過經過二次強颱以後，改變了我的想法，直徑二、三十公分的樹幹被吹斷掉落，險些砸到房子，鄰居地上直徑三、四十公分的油桐樹也被吹倒，所幸都沒有壓到木屋，否則後果不堪設想。自己辛苦種植數年的大小樹木，也因為被颱風搖晃而枯死不少。經歷過這些天災以後，才真正體會到「多一分防範，少一分災害」這句老生常談具有多大的意義。我們要學會面對大自然的力量，它會讓我們變得更謙卑。

● 起心動念搬到山上居住

話雖如此，在山上開店一年期間，我動了想到山上居住的念頭。不管平日一個人開車往返新竹與南庄間，還是假日來山上開店，待在山上的時候都可以得到心靈上很大的平靜與安頓。許多朋友和親人聽聞我時常一人往返山林，都說我膽子很大，敢一個人開山路，一個人待在山上。我倒不覺得有什麼可怕，很多人對於山居似乎有著一種抹不去的印象，就像很多三十幾年前曾在當地挖煤的阿伯們一樣，他們問我，妳不怕下大雨啊？妳不怕颱風啊？但是在下大雨或強烈颱風都蹚過以後，反而覺得不是那麼可怕。其實人們害怕的是無知，人們對不知道的事情總會有無明的恐懼，在經歷過後，反而覺得沒什麼，想辦法克服就是了。而且，現在交通愈來愈便利，都市與鄉村的距離，其實已經慢慢縮小，加上網際網路、宅配或網路購物也很方便；例如，我要從南庄到新竹逛街，大約也只要40分鐘的路程而已。經歷越來越多事情以後，反而覺得搬到山上來住越來越可行。

● 決定搬到山上居住

原本認為搬到山上來住應該是小孩離巢以後的事，第一次和先生談起這個想法時，他也覺得現階段不太可能，他提出幾個問題，第一，天候因素影響太大，萬一遇到大雨或颱風的時候怎麼辦？第二，小孩子讀書和學琴怎麼辦？第三，山上自己造的房子太小，生活功能不齊備，怎麼住？是啊，這都是問題。既然打算住到山上，就得想辦法克服問題並說服家人。首先，我向他分析，台灣一年之中下大雨和遇到颱風的日子，其實也不是天天有，暫時先在山下村莊租一間房子，真的有強颱或豪大雨預報時，頂多暫住山下；如果為了這個因素要放棄住在山上的樂趣，我還是寧可選擇住在山上。再來，小孩讀書的問題，其實轉學就好了，山下的鄰居說三灣國中還不錯，至於國小呢，可以快樂學習和成長就可以了，學琴的事則再想辦法吧！生活機能的部分，我們山上的地夠大，可以再申請蓋一棟適合山上居住的農舍。就這樣，先生慢慢接受了我的看法，決定賣掉新竹的房子，全家島內移民到南庄山上定居。做了決定以後，我們向山上鄰居徵詢他們的看法，地主桃姐很贊成，她在山上已經住了三年多，也是目前我們山上社區唯一定居的住戶，她一向在山上住得很習慣也很自在，她常說住在這裡有幸福感，不管工作忙到多晚，她每天還是會回到山上住。至於下雨天落石的問題，也不是什麼大問題，她說現在山上放有一台小山貓，遇到落石嚴重的時候，就開小山貓去清理，小落石則隨手清理一下就好了。嗯，一派輕鬆的樣子！再來，告訴陳博與陳大嫂，他們退休後就定居在山上另一個山谷社區中，已經住五年多了，陳博沒說什麼，倒是大嫂覺得山上天候狀況多，山下最好還是有一棟房子比較好，免得大雨或颱風時沒地方去。施老師聽聞，也沒多說什麼，但是她邀請通靈者呂太太來山上遊玩，到店裡用餐時，倒是向我提起可向呂太太詢問住到山上好不好。其實施老師對我們很照顧，只要她有訪客，幾乎都會來我們店裡坐坐，很多她書中提過的通靈人士都曾到過店裡，但我不曾多過問什麼，我一向不覺得要從通靈人士那裡獲得多少預知的訊息。但是既然施老師開口說了，我就將我想到山上住的事，問了一下呂太太，呂太太說：「可以啦，可是會比較辛苦喔！」這我也知道，但我天生就是如此，太安逸的生活我反而覺得無趣，人生應該過得有趣一點才對。以前的生活雖好，但是在內心深處，總覺得少了點什麼。而且年紀愈來愈大，我可不想等先生退休後上了年紀才來完成山中定居的夢想，趁年輕還有體力時，才可以真正親身體驗山居生活真實的面貌，就這麼辦了吧，搬到山上住！

● 暫時居住的房子

我請山下水電行葉老闆幫我在山下村莊問問看，有沒有房子可以出租一年？沒想到才過幾天，就找到一間一房一廳的房子，看過以後直接就簽兩年約，我想申請農舍過程繁複，蓋房子又耗時間，房租也還算便宜，就多簽了一年。租房子時，帶著先生和兩個小孩來看房子，先生還可以接受，孩子們卻不太習慣鄉下牆壁有點斑駁的房子，他們寧可全家擠在山上的小木屋裡。好不容易說服小孩子願意搬來山上住，現在只好推翻之前的想法，決定直接住在山上的小屋，提早享受山居生活，山下租的房子則當倉庫用，暫時擺新竹搬過來的傢俱。但是山上小屋的生活機能不完備，如何克服呢？與先生想了很久，決定將木屋底下架高部份清開，放烘乾機等用品，屋後加裝水龍頭放洗衣機，甚至又全家動工幫狗兒們釘一間大狗屋；最後剩下房間不夠用的問題，我們想把閣樓露台用透明塑膠布圍起來，勉強可以多一個「房間」擺居家用品，等房子蓋好，再拆掉透明塑膠布。找了山下帆布行黃老闆，也是個老實人，我們請他加裝透明塑膠布，還要求能抵擋強風豪雨！他很嚴肅地面對我們提出的要求，然後回答我們，他要回去想一想，後來，他真的做到我們要的成品，一個三面透明的「房間」於焉完成，等待狂風豪雨的考驗。完工後隔幾天，他來收款時順便邀請我們參加村內建醮大典，連水電行葉老闆也來電邀請，讓我們夫妻感到很高興，因為這讓我們覺得村民已經接受我們這家外地人了！

● 搬家

租到房子以後，我們就開始慢慢打包新竹家裡的東西，這時才發現東西實在有夠多，新竹的房子有85坪，以前剛買這棟房子的時候，覺得每個房間都應該有他們應有的功能，客房、書房、小孩房、主臥房、起居室、客廳、禪房……，本來想這棟房子房間多、又有庭院，應該不會再換房子了吧，以能在這裡住到老的心態買了很多傢俱用品，庭院也是一樣，花草扶疏，綠意盎然，沒想到因為一趟南庄桐花之旅，改變了人生。現在回過頭來想想，覺得人生沒有什麼不可能，不能太早為自己的人生下定論。

由於東西太多，每次整理房子的時候就很後悔，然後大大懺悔，怎麼買了這麼多用不著的東西。這次，我決定不再帶這麼多的家當過來了，我只帶我覺得真正需要的，其他的，就分送左鄰右舍、親朋好友或新屋主吧！

在變換環境的過程裡，有時我會有著無明的恐懼，一方面覺得這樣做才對，但是基於人類對未來的無知，我其實也沒那麼勇敢，我擔心我的決定會影響了先生與小孩，還有讓親朋好友們擔心。雖然也有支持我們的人，但是，對於住到山上的決定，還是需要很大的勇氣！

● 神奇的事

通靈的呂太太曾說，搬到山上住會比較辛苦，不過我還是決定搬到山上住，縱然過程是辛苦的，我也要往前邁進。當初因為看桐花，來到這個桃花源，第一次踏上這片土地，就被這裡美麗的景緻所吸引，後來，在我們與土地互動的過程中，有了微妙的變化，祂似乎慢慢改變了我們的心境。這其中還包含了一些神奇的事，有一天晚上，鄰地地主周太太打電話給我，提到她乾媽想來，當時是星期日接近傍晚六點，打烊後還得趕回新竹，但想到鄰居遠從桃園來，也不好意思推辭，就趕快下廚煮蔬食餐招待客人。我之前聽周太太提過，她的乾媽沈姐也是一位通靈人士。當天天氣很冷很冷，很難想像她們就這樣專程開車來南庄。沈姐一來就和我談到土地公的事，土地公找她來和我談蓋土地公廟的事。他們回去後，更令我吃驚的是，小女兒說，這個場景她在夢裡曾經夢過，我反覆問她，她還是給我很肯定的答案。這實在很難解釋，我反覆思量，與先生討論後，決定依照土地公的指示，蓋間木造的小土地公廟。

● 心境上的轉變

在山上待久了，心境也起了一些變化，一般來說，開店經營咖啡屋，理應用心在經營上，但是不知怎地，不由然地思索起人生的意義。其實嚴格說來，開店應該要全心投入，看看各地的店家，為了擴大規模或是增加營業額，無不全心投入，但是，這個真的重要嗎？是的，這是重要的，但是還有沒有更重要的東西呢？譬如這家店的靈魂？我的答案是肯定的。這片山林很美，美得讓我們不忍破壞。曾經這裡人擠人，但是，感覺卻不對了，思索了一陣子後，我們決定要縮減客源，讓這裡維持優雅的生活風格。喜歡熱鬧的人，不適合這裡，喜歡被服侍的人，不適合這裡，喜歡都市生活的人，也不適合這裡。

連飲食也變得越來越清淡，改變之大連我自己也覺得不可思議。起先，在這裡烹煮肉品海鮮時，似乎覺得有點不自在，然後，就試著不吃葷食，看看自己是否能克制口腹之慾，看來還好，現在我們全家幾乎以蔬食為主，蔬食已能滿足我們食的需求。

居家環境也愈趨簡樸，以前，85坪的房子，全部塞滿各式傢俱用品，人之所以要換房子，多半是因為東西多到放不下，認為需要更大的空間，但是有了更大的房子之後，又再買更多的東西來放。但是，我們真的需要這麼多的東西嗎？以前買東西會認為是自己或家人有需要；連百貨公司贈品也一定要去拿，因為免費不拿白不拿；跳蚤市場的東西便宜，也一定要買個幾樣……結果，大部分的東西都放到儲藏室去了，搬家的時候送人居多，根本用不完，有些東西放了好幾年也不曾拿出來用。山上的生活，真的不需要太多物質，心靈的負擔多源於自以為是，源於想得太多太複雜，源於空虛或恐懼，因此在心靈或物質上疊床架屋，將自己層層包圍，庸庸碌碌看不清自己在做什麼。山上的木屋很小，不到20坪，但是我們的心卻很滿足，老子說的很有道理：「少則得，多則惑」。

幫小孩選擇學校

小孩知道要轉學後，心情很複雜，因為要和好朋友與喜愛的老師分開，實在是件困難的事。還好女兒的同學中有兩位外國人，一位從加拿大回來，一位從德國回來，加上以前的好朋友也轉學到台北，經過一段時間的解說與心情的調適後，她們也慢慢接受要轉學的事實，唯一的要求，就是山上要有電視，這點我也答應她們。其實開店一年多期間，山上沒有電視，而我們假日幾乎都住在山上，她們也習慣待在山上就是沒電視可看的事實。但終究是小孩子，就像我們大部分人小時候一樣，需要卡通影片陪伴著成長，雖然希望他們可以在大自然的環境中生活，但是也不忍心剝奪他們看電視的樂趣。

這裡有兩所離我們住的山區比較近的小學，比較過以後，我幫小孩選擇靠近台三線的一所國小，並不是鄉下小學不好，而是那所小學旁邊就有一座大電塔，離學校還蠻近的，下雨時還可以聽到電塔發出「滋滋」的聲音，有點恐佈。當初蓋電塔時，實在應該考慮離學校太近這個問題。台三線旁的國小也不大，一個年級才兩班，一班才二十多位學生，不過校園附近景觀還不錯，沒有電塔，校園花草扶疏。小孩子看過以後沒有意見，那就轉學到這裡吧！

●定居山上

九十五年二月春節一過，我們就正式在山上定居，小孩也順利在小學就讀。第一次在山上洗衣服時覺得很新奇，洗完衣服後，把衣服晾在林間透著陽光的露台上，看著山風將衣服吹啊吹的飄動著，覺得自己很幸福，能擁有這麼棒的環境，心情也格外地舒暢。下山採買食物用品也很方便，以前買東西，多在新竹市區，現在逛頭份竹南，發現其實這裡也很繁榮，店家很多，雖然沒有大型購物商場，卻有蛻變中鄉鎮的熱鬧市街，物價也比新竹便宜，真是個好地方。

山上一大早就有許多鳥兒在森林間鳴叫，聲音清脆悅耳。以前在都市生活，每天需要鬧鐘幫忙，還不見得能適時起床，現在住山上，電視少看了，早睡了，每天早上一睜開眼睛，就看到美麗的山林，心情極好。

早上約6:00起床，我張羅小孩和做早餐，先生打點院子和煮咖啡，全家一起吃早餐。7:00送小孩下山上學，偶而在路上遇見也是山上新住民的邱太太，同樣開車送小孩上學，見面打個招呼，似乎給彼此一個會心的祝福與微笑。然後呢，再到便利商店買份報紙，回到山上的家後，老公早就準備好一份現採的蘆薈和石蓮花，沾點蜂蜜後，蘆薈甜中微苦，石蓮花甜中微酸，一天的滋味就此開始，日子新鮮而自在。

春天多雨，有時雨勢還非常大，偶而會有落石，進出得要小心點，甚至還得下車搬石頭；有時候則有枯木掉落，也是得下車搬移，才能繼續前進。山上的生活，不是每個人都能適應，大自然令我們嚮往，但也得接受大自然的千變萬化；下雨的時候，不要抱怨泥濘，山上蚊子多，也不要抱怨，當然有很多人不喜歡的「蛇」你也得去接受牠，還要把毛毛蟲當做蝴蝶的可愛寶寶喔。

●有機新生活

剛搬到山上沒幾天，施老師和陳大嫂就連袂來看我們，還帶了水果，看我們住得還好嗎，可能多少也有點擔心吧！山上朋友的溫馨與關懷，總讓我覺得很窩心，也是我想搬到山上來的原因之一。

陳博早上會打精力湯，施老師是常客，我偶而會與他們一起共度美好的早餐時光，順便向陳博請教精力湯的製作方式。陳博說，打精力湯的食材最怕有蟲卵，所以挑選葉片一定要小心，洗滌時不要用生水，要用煮沸過的冷開水，或者是過濾水等。反正想到就問，陳博絕不藏私。精力湯的食材，幾乎都來自陳博的有機種植，陳博通常在他的庭院中就地取材，譬如辣木、紅菜、高麗菜葉、薄荷、芽菜、地瓜葉等等，再放些蘋果或鳳梨，就是一杯新鮮的精力湯了。有時也做有機手捲，放些芽菜、蘋果、黑芝麻……。陳博的精力湯，與一般市面上的精力湯不一樣，可是我覺得這才是貨真價實的精力湯，每種蔬食，在陳博的照顧下，展現生命的能量，而且現採現打，喝下去的不只是營養而已，還有充沛的能量。另外，熱心的陳博夫婦還幫我們買了種植芽菜的容器、有機土、種子等一切用品，特別到府服務地教我們如何培育有機芽菜，讓我覺得很感動。

住到山上以後，省掉往返奔波的時間，早上也起得比較早，比較有時間可以學習和種植蔬果，而且有陳博、邱先生等前輩可以詢問和觀摩，鄰人又很熱心地送了一些菜苗、果樹苗等，慢慢地，在我們地上嘗試種了很多可供食用的植物，目前大多種些多年生又好照顧的菜，有紅菜、日本空心菜、地瓜葉、山芹菜、南瓜、龍鬚菜、芭蕉、木瓜等，還有之前就種的香草植物、蘆薈、石蓮花等，還有野生的仙草、野菜等。我總覺得一個溫馨的山居住家少不了一座瓜棚，所以，我決定在我的土地上搭棚架種些瓜果。只要經過種子行或賣菜苗的攤販，我都會下車問一下菜苗或瓜苗的名稱，然後問它們的生長特性。本來想找先生自己搭棚架，先生說太費工了，要花很多時間來做，不過我想應該是以前用竹子搭工寮的失敗經驗讓他不太敢嘗試吧，後來就找了吳伯伯來幫忙。吳伯伯從我開始整地以來，這兩年對我的幫助不小，常常得靠他來幫我做點園藝或農作的事。與吳伯伯相處久了，似乎像親人一樣，他也不在乎在這裡工作給他多少工資，我看他是幫忙的成份居多。

吳伯伯聽到我跟他說要搭棚架種瓜果，就一直笑，也沒有拒絕，後來看他幫我搭出來的棚架真是太特別了，看起來美觀又堅固，難怪要花很多時間來搭造。棚架搭好了，開始種些瓜果，有小黃瓜、蛇瓜、長型絲瓜……，還有百香果。買長型絲瓜是因為賣苗的老板說可以曬乾洗澡，這個主意挺好，就買來種啦！至於是不是要吃它？倒不那麼重要了。

對有機種植而言，我們只是入門而未窺堂奧，未來還有很多可以玩的地方，自給自足是我們的目標，若可以與親朋好友分享，則又是另外一種收穫跟幸福了！

● 山居社區

古早鄉下人對於山區辛苦的開墾過程，留有深刻的印象。三十年前，除了礦區工作者較為寬裕外，生活大不易，遷居它處的人多，而留在山上討生活人少，最後甚至一戶不剩，若有人要買山區的地就賤價出售，當時山區的土地是論甲在賣的。現在南庄山區的土地是論坪賣，每當與這些回來的礦工伯伯談起，都覺得不可思議，當時沒有人看好山區的發展，現在已不可同日而語了。我們社區群範圍很廣，座落在不同山谷間，社區間雖有一些距離，感覺卻比都市隔壁鄰居還親近。目前我們社區群裡慢慢有藝術家買地進駐，其他買地的鄰居也大多是喜愛自然生態的人，在這裡，我們都不使用除草劑，有的鄰居開著高級車上山來，車內卻放著割草機、斗笠、雨鞋等，到山上割草，還說自己甘願做而不假手他人，閒暇時種種有機菜或種種樹。整個社區遍植各式花果樹木，幾乎市面上看得到的植物，這個社區都有，市面上看不到的植物，這裡也有，大家共識高，要營造出多樣化的自然生態，就容易多了。但是在山上買地的人，是不是每個都有這樣的共識呢？那也未必。有些是買來度假的，有些是買來置產的，各有盤算，陳博夫婦與施老師，是我見過的鄰居中，最能與山林共處的兩戶，尤其是陳博夫婦。陳博家出入的道路幾次因為豪大雨造成道路沖毀，也是柔腸寸斷，但是他們住在山裡的信念，不曾動搖，照樣過自己的生活，水源斷了就去處理，不能出門買菜，就吃自己種的菜，就算涉水出來採買也是怡然自得。

● 便利的時代

時代真的不同以往，進步之快，連住在山上的我都覺得好便利，城鄉差距愈來愈小……

→ 3G手機及3G無線網卡

去年底，想到就要搬到山上住了，擔心小朋友有事找不到我們，就決定幫小朋友申請手機。當時幫他們申請時，還只是彩色話機而已，沒想到才過幾個月，新的3G電話誕生了，在強力促銷下，不得不讓我們也注意到這個訊息，加上這裡還不能寬頻上網，雖然中華電信很有誠意想幫我們社區解決這個問題，但還是跟不上新產品的日新月異，在他們尚未架設好寬頻上網的線路之前，這個3G通訊引起我們的興趣。習慣了ADSL之後，這裡使用的撥接上網，速度實在太慢。我們申請了3G手機及3G無線網卡，暫時解決了上網的不便。我在山上使用3G手機及3G無線網卡，可以無距離地以影像電話互通或看新聞，或悠遊網路世界，使用上頗為方便。如果現在還住在都市，這項新產品我可能還用不到，因為都市有寬頻，上網絕不是問題，看新聞也不是問題；但是，在山居，這項新產品對我們卻變得非常實用。我想，也許以後真的到哪裡都能辦公，包括在山林裡，只要一台筆記型電腦，在3G收得到的地方，都可以得到想要的資訊或把資訊傳遞出去。生活上，也可以透過網路，購買想要的東西。最近上網購書，發現真的很方便，在山上下單，很快就可以到山下的便利商店取貨或直接送貨到府。

→ 數位電視

應小朋友的要求，要在山上裝電視，經過徵詢比較後，我選擇安裝數位電視，可以看十五個頻道，對小孩子而言，雖然比有線電視上百個頻道遜色很多，但是比沒有電視可看，那就好太多了。剛開始，她們會抱怨沒有喜歡的卡通頻道，而且有些頻道還容易斷訊，不過我也不想讓他們看電視看太久，溝通後，每天約定看半小時過過癮就好了。我們自己在山上看電視的頻率更低，在山林中，不想聽到或看到世俗的紛擾跟誇張的情節，我們選擇讓自己的耳朵與心靈清淨些，不想也不需要用它們來填充空虛的時間和心靈。

● 燒柴的鍋爐

山居新住民最早使用鍋爐而且把它發揮淋漓盡致的，是任職台積電的工程師邱先生。邱先生早我們幾年定居山區，開車上下班不以為累，他是這個山區新移民中第一個將鍋爐引進村莊使用的人，回歸老一輩的生活方式——用鍋爐燒柴火煮熱水。邱大哥剛開始有這個構想時，遭到邱大嫂的反對，想到冬天還要到外面撿拾木柴，邱大嫂就沒多大的興趣，但是邱大哥還是裝了一個，而且與電鍋爐串聯，不但有保溫的效果，下雨不方便時還可以電鍋爐取代。當鍋爐燒好熱水後，熱水會流放到貯能桶，全家都可以使用熱水洗澡，甚至泡澡，冬天還能用來洗碗呢！現在他們對這個鍋爐讚不絕口，不但省電而且節能。想當初，我是絕對想不到自己會想使用這種要燒木頭才能有熱水的東西，總覺得這些東西都離我很遠，現在，居然只要聽到不用電的東西，眼睛都會發亮。聽說法國南部普羅旺斯的科翰思（Correns）市政廳也使用燒木柴的鍋爐，不過好像是用在取暖上。老一輩人的智慧年輕人認為古老不中用，看來也未必如此！所以，我們一定要在新家安裝一個這種可以節約能源的柴燒鍋爐。

●燒柴的壁爐

天一是一位數學老師，也是我的新鄰居，他與太太明珠為人謙恭有禮，琴棋書畫樣樣精通。天一家有個壁爐是他親手造的，聽他描述覺得相當有趣，我很好奇地問他：「真的可以燒木頭嗎？」只見天一一派輕鬆地說：「當然可以啦！」我們就好奇地專程到他深坑的家去瞧瞧。他們家成堆木材都是天一從後山撿回來的，每當颱風過後山區就有倒下的樹，他覺得讓樹就這麼腐爛，實在很可惜，十年前他開始將這些被人遺棄或別人視為障礙的倒樹，用鋸子一段段鋸下，扛回來後再用斧頭劈開堆放；十年間他們家已累積了很多木頭，可以燒壁爐取暖，也可以燒開水泡茶。在現代人眼裡，這實在是一件不可思議的事，但是在我們看來，天一與明珠確實有他們的生活智慧。我當下就想，我也要學天一，利用天然的資源，發揮樹木的能量，在我的新家也要做一個可以燒木頭的壁爐。

●西湖買烘爐　三義買炭爐

因為天一家的壁爐，我開始思索山上的能源利用，研究住家如何節省能源。二、三月的山上，天氣不穩，有時很冷，下雨時候也多，如果要讓屋子暖和，使用電暖器很方便，但電費貴又浪費能源，突然想起報紙曾介紹過金龍窯的烘爐，心想也許可以取代壁爐的功能。一想到就馬上行動，拿起電話，找查號台問金龍窯的電話，問好路線後直接開車到金龍窯。到了金龍窯，出來一位年輕人，看不出他是不是老闆，店內有陶藝作品展示，但沒有服務人員，由他親自介紹解說，人沒什麼架子，可是他正忙工作室的事，還得抽空當服務人員，想來他的處境跟我也有雷同之處，就覺得格外的親切。他說可以進工作室參觀，可是不能干擾師父工作。我就這麼進去東看西看，也問了他一些問題，後來向他買了兩個烘爐。結帳時，看到現場有一個大甕，甕裡有一個圓型的三角架，原來那個三角架是放水壺用的，天氣冷時可在甕裡放一些木炭，木炭上面就放三角架，可以煮水。原理與烘爐一樣，只是那個三角架問

到後來，原來是訂製的，不是在一般五金行買得到的，而且需要到三義去買。問了老闆店名及電話，就直接開車到三義。由於沒有走過這條路線，找不到老闆介紹的那家店，拿起金龍窯老闆給我的電話撥過去，電話那頭響起清脆悅耳的聲音。

依她指示，到了那家有趣的店——啄木坊，店裡有兩個造型頗為特別的木造炭爐吸引了我的注意，當時，她正在使用炭爐煮菊花普洱茶。我問她，這幾塊炭能將水燒滾嗎？她回答我可以，然後就把水壺的蓋子打開，嗯，真的，裡面的菊花普耳茶是滾燙的！可以取暖又可以煮水溫湯，心中不免讚嘆——好棒啊！發現寶貝了！隔天，與先生約好一起到三義去買炭爐，直接把它載回家！載回來以後，剛好遇到冷鋒過境，又下雨又刮風，這個炭爐即刻派上用場，我一連使用了兩個禮拜，每天放兩三塊龍眼炭，還真的蠻保暖的哩！屋子暖烘烘的，還有股特殊的炭燒味道，對於這個好用的炭爐，我是讚嘆不已。但是，使用炭爐或烘爐要注意幾點；第一，炭不要放太多；第二，室內要保持通風；第三，最好使用龍眼炭或相思木炭。現在很多不如意的人，用木炭結束一切，實在浪費了木炭這種好東西。

●女兒的學習之旅

三灣圖書館要開英文課。第一次看到他們的招生廣告，很訝異，嗄！兩個半月的課才1300元，還含教材，這麼好的事應該趕快去報名。到了圖書館才發現我居然是第一個報名的家長，與她們閒聊，她們還說怕招不滿人。她們說，她們辦的課程通常不能超過1000元，超過1000元則課程幾乎是開不成的，聽得我目瞪口呆，心想，是喔#$%？！報完名，我趕快在小孩的聯絡簿上介紹這個課程，後來知道，圖書館的館員很用心，降了價以吸引家長們願意讓小朋友來上課，你相信嗎？700元上兩個半月的英文課程！館員與老師的用心，讓我第一次感覺到鄉下學童的希望。這些務農的村民不覺得上英文課有什麼重要，也不覺得上這兩個半月英文課能學多少。700元也許不多，但可能是他們幾天的菜錢。然而肯努力就會有成果，圖書館的館員主動打電話給學校或家長，讓家長們願意出這筆錢，也有家長願意主動幫想來上課但繳不出學費的小朋友代繳學費，最後課開成啦，小朋友們可以與都市小朋友一樣，有更多機會接觸英文，真是件值得高興的事！

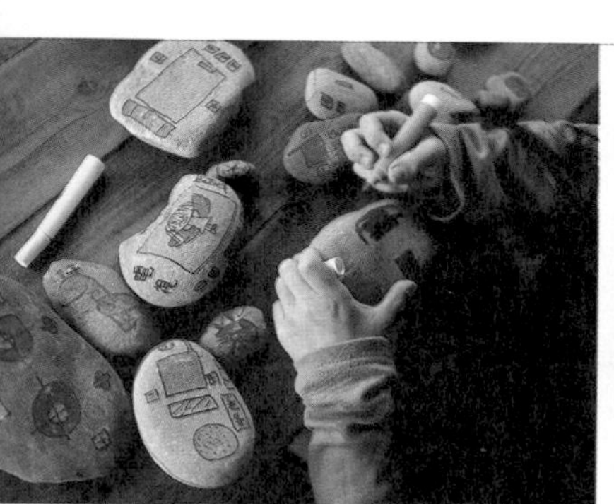

鄉下小學因為人數少，資源也相對豐富，可以參與校中各種團隊或活動，在她們學習過程中，已比多數人幸福很多；再者，住在山林間，她們可與大自然為伍，學習尊重生命。記得以前我們看到討厭的椿象，可能會把牠們無情地踢死，因為山上的椿象實在太多，身上有特殊的臭味又會噴毒汁。有一次先生不小心被牠的毒汁弄到眼睛，雖然馬上清洗，還是讓他非常痛苦，半夜痛到不能入睡，一早跑到眼科掛急診，緊急處理後才稍微緩解。從此，我們家對椿象就不太有好感，但是，女兒們開始學習尊重生命，家裡出現椿象，她們會用衛生紙包起來，再放

到外面庭院，不再殘忍地殺害一隻她們不喜歡的動物。蜘蛛也是一樣，頂多把牠們移走。

住在山上還有另外一個好處，就是不會吵到鄰居，因為住居間都有一段距離，又有樹林區隔，在家中露台吹口風琴或直笛或彈電鋼琴都不會吵到鄰居，可以放鬆心情地學習，也可以在露台大聲唸故事書，看她們在露台相互討論唐吉訶德的故事，覺得她們真是一對幸福的孩子。

● 從感覺分享到生活體驗

原本我們在星期六日經營咖啡屋，希望把這山林的美與靈氣分享給來這裡的客人，讓來這裡的人可以充分的放鬆，感受到自然的能量，可以與客人在「感覺分享」中互動。但是「感覺分享」終究有點虛無飄渺，大家對人生、對自然的體驗和感受都不一樣，人多了以後，連感覺也會逐漸變得麻木；再者，如果我們自己無法提昇自身的經驗和感受，又如何與人分享呢？後來我們希望將感覺分享轉換為生活體驗，將我們山居的生活體驗分享給客人，雖然無法分享給很多人，但是卻比較真實而深刻，因此我們決定轉型，希望以後以山居民宿的方式，帶客人體驗我們的山居生活，不過，這得等到我們新居落成以後再規劃實施囉。

童話故事的結局中，王子與公主可以幸福快樂地住在城堡中，是因為有很多人服侍他們；而我們住在山林的小屋裡，可以過著幸福快樂的日子，是因為親力親為而感覺到自在，我們的故事還在上演，而我們是演員而不是導演。

我們深深感謝這一年多來，陪我們走過一段青澀成長的客人，他們喜歡這片山林而不嫌棄我們的怠慢，他們如朋友般地一再造訪，我們由衷地感謝；但是我們也需要充電，路才能走得更遠。俗話說活到老學到老，不過，我們這次學的不是知識而是生活，沒有課程只有實踐；有機種植、廚餘堆肥、環保節能……，可能得花很多時間來學習和實踐，才能慢慢有所收穫。幸好，這一路有施老師、陳博夫婦、桃姐的支持鼓勵，有鄰居們相互打氣和學習，雖然住在偏遠的山區，但是心靈卻不寂寞，期待生命再次的蛻變……

■ 劉順光

田園夢咖啡屋——
談我的山中「相遇森林屋」（一）

從大女兒出生開始經營超商到她唸小四，在這漫長的十年中，從事每日廿四小時不休止的以客為尊的服務業，心情從不敢鬆弛怠慢掉以輕心。尤其近年來治安敗壞，不良少年搶劫超商時有所聞，每到半夜聽到電話鈴聲，就會從睡夢中驚跳起來，就怕又遇上了搶匪或其他意外。人手不足時，白天忙完已是疲憊不堪，晚班依然要咬牙苦撐到天亮。

當深夜客人稀少時，看著店門外每日熙熙攘攘的人群，都是週而復始過著煩、忙、亂的生活，這樣的人生，多一天和少一日真的沒啥差別。其實自己也跟他們一樣日復一日過著單調乏味無奈的日子。常想我還年輕，這種日子再過下去，不但身體會被拖垮，心理也會出問題。於是，我開始編織夢想，能夠兼具工作與休閒，為了興趣與理想而奮鬥，這樣的人生才有意義。

五年前為了不讓自己因為有穩定的工作而安於現實，便選擇唸社區大學以充實自己，並學習第二專長。首先是選擇本來就有興趣的園藝課，因而開啟了對花草樹木這門知識的一扇窗，我才了解到原來植物也和動物一樣，要用很多愛心、耐心來關照。越深入認識與了解並給予細心照顧後，植物就越會給你好看呢！時常在做創意盆栽時想到，如果工作及生活就是蒔花弄草，那該是多美好的事，真羨慕成日與花草為伍的人。課程中也有景觀設計及到校外參觀實際運用花草的庭園咖啡及香草課程，因此更強化自己規劃下一段人生目標的夢想——找一塊好山、好水的田園，打造自己的夢想咖啡屋，娛人娛己，是工作也是生活。

每一個人都會有夢想，但是若沒有實際的行動，夢想終究只是夢想。於是我狠心將店面結束，毫無眷念與不捨。有了既定目標，便開始以遊山玩水的心情，驅車在苗栗各地區尋找一塊喜歡的山林地。由於要兼顧營業考量，尋找山林地並不是那麼順利，日子久了心中莫名的壓力也不禁油然而生，總不能每日都閒逛。

一個月後的一個黃昏，在失望的回程途中，經過一個不引人注意的小村，看到賣休閒地的廣告，於是循著指標到目的地，業主親切招呼並帶我沿著蜿蜒的山路而上。原以為這裡並無特殊之處，不意山窮水盡疑無路時，眼前卻出現一段綠色走廊及早期煤礦場開挖的隧道。穿過隧道時，眼前突然出現一輪金黃色的夕陽灑滿山壁，不久又出現另一個隧道，立即呈現出柳暗花明的景象。層層山巒之上，薄薄雲霧中，一輪火紅落日正緩緩向海角天邊西沉，此時嘹亮的蟬聲更讓人有遠離塵囂清新脫俗之感，立刻打從心底愛上這個地方。多日來尋地不著的內心壓抑，立即獲得舒解。滿山遍野的油桐花正值怒放，如此美景令人屏息。竊喜之餘，心中盤算著錢夠嗎？買得起嗎？

　　過了幾天，籌湊經費後，夫妻倆便決心在此圓一個山中咖啡屋之夢。購地的費用在都市足以買幢公寓新屋。而我卻只能買到荒煙蔓草的山林，扣除購地的資金及手續費用外，勉強還可蓋屋及購買生財設備器具。至於景觀造園要自己動手，面對這一片雜木林，如面對一張空白畫紙，真不知從何著手。

　　等待是一件漫長無奈又難熬的事。買地並非馬上就可以造屋，必須申請各項證照。夢想要實現，似乎還是遙遙無期。沒有收入只有支出的日子，令人十分惶恐。初次體認到平日的生活開銷還真不少。打算暫時找個工作撐一段時間，體驗當員工為老闆效命的感覺。

正當要上班的第一天，見報上刊登教授咖啡、西點、簡餐課程，我毅然放棄上班的念頭，到台北報名參加，開始了每日通勤台北、苗栗之間當學生的日子。三個月的學程，獲益不淺，學到的正是自己所欠缺的技能。然後利用假日興致高昂地帶著鋤頭、開山刀、炊具到山上整地。頭一次使用鋤頭，沒幾下便氣喘如牛，汗流浹背，加上夏日炎炎火傘高張燠熱難當，更糟的是竹林草叢蚊蟲肆虐，真是苦不堪言。

記得第一次整地回家後即生了一場大病，原因是流汗後為貪圖涼快而到溪中以冰涼的山泉水沖洗沐浴，雖然當時非常舒服，回家後卻因受了風寒而發高燒，一度還以為是任意動土，得罪山神的報應。之後有了經驗，為了能夠永續經營田園，「工欲善其事必先利其器」，先將工具升級；此外，過去因工作忽略了身體的保健，今後體力也跟著要升級，所以每隔一天就開車到公館山中國小跑個廿圈運動場，鍛鍊體力，同時也利用跑步磨練自己的意志力。一開始跑步時氣喘如牛，經過一段時間訓練，跑完步後全身通體舒暢，身體練結實了，食慾更佳，睡眠品質也好了，以後篳篰襤褸以啟山林的苦日子，將有更好的體力來應付。

終於等到開工動土造屋了。晚秋時節，油桐樹葉已由綠轉黃，隨風飄零，呈現這山中秋意正濃的氣息。大冠鷲不時地在空中盤旋發出哀怨的叫聲。挖地基的年長工人關心地問：「年輕人，怎會想在山上造屋」？我說：「開咖啡廳呀！」他不以為然道：「這麼深山，鬼才會來。」其實父母親長輩也都是持這種看法，正如我們與E世代的代溝般，只好莞薾一笑。

地基花了一個月才完成。因為碰上大岩磐，而房子地基主要就是建在岩磐之上，不能用挖土機，更不能用爆破，而以最原始的人工開挖，先後換了三批工人均無法完成，最後請有經驗的師傅獨自一人花了三天，用最原始的鐵鎚鑿出一圈紋路才開挖成功。心急的我此時再急也無濟於事。

土地過戶後，內心有許多憧憬，房子的造型繪製圖不下數十張，但與建造木屋的師父討論後卻是一無用處。應先有結構圖才能談需求，然後是外型。外行的我滿腦子只想屋子的外觀，因此就邊設計邊蓋屋，每一個抉擇都要很快確定，大方向掌握，施工由他了。

施工期遇上遠從彰化鹿港來建屋的老師傅，讓我記憶猶新。他個性豁達，隨遇而安，遠離家鄉到苗栗，白天在工地工作，夜晚睡車上，沐浴在冰冷的溪澗解決，晚餐都是吃泡麵，冬天來臨則在沒有屋頂門窗的工地，以木板隔間就寢，有時為抵擋刺骨寒風而以廢木料升火取暖，獨自一人在淒冷黑暗中等待天明繼續上工。這般的精神毅力，真是令人佩服。回想過去，自己在有空調的房子待習慣了，做事也是動口指揮別人較多，如今做點工，吃點苦算什麼？跟他老人家比真是慚愧，以後該向他學習的真是太多了。

就這樣，師傅一邊建造木屋，我則一邊園藝造景，配管接水、搬運磚石砌花台、做駁崁、階梯、步道等等，無一不是對體力的挑戰。為了方便解決民生問題，常以粽子、包子饅頭、泡麵裹腹，為節省汽車油料開銷，也用50cc的機車從苗栗騎到山區。當學生時可以載女友從台中騎到合歡山，現在當然也可以機車當做交通工具，更何況騎機車馳騁在山間小路可是非常愜意的事呢！尤其經常可以近距離與山中小精靈野生動物相遇。

有一天我在埋首造園時，來了一位不速之客，對這周遭的一草一木，知之甚深，還指著一棵樹幹長滿刺的怪樹叫食茱萸，此樹又叫鳥不踏，作用可多了，可作成口味特殊的料理。這位朋友——陳先生，跟我一樣是境內移民來此定居的，宣稱他愛就地取材，已把山上的庭園打造成生機花園，有空時可到他家觀賞指教，尤其很多台灣原生植物可提供造園植栽參考。

沒想到此人亦是我來到此山中的貴人之一，不但改變我對原生植物的認識，之後還送我一疊植物書籍。他告訴我由於山中豐富的林相孕育出無數小精靈，開啟我對這周遭花草樹木及蟲魚鳥獸的認知，更啟發我對森林資源保育的觀念。他還希望我能夠向前來消費的客人做生態解說，以傳播生態保育的觀念。為了充實自然生態的知識，於是我利用空閒時間拿著書本，四處尋找動植物與書中對照，這又成了我無休止的功課及樂趣。

春天，是大自然萬物復甦季節，花草樹木忙著抽新芽，山林像是換上鮮綠大衣，山中時而雲霧繚繞，時而雨過天青，猶如中橫路段的高山美景，氣象萬千，彷彿人間仙境。此時房子也已近完工，就在收工最後一日，欣喜的和師傅及工作伙伴泡壺薰衣草奶茶，一面天南地北的聊未來的遠景。其實，「挑戰」才剛要開始呢。

當一切就緒，虔誠地敬拜地基主、山神之後，開始實現我的山中咖啡屋夢想，一年半零收入的日子就要揮別。然而事實的確印證了長輩所言，這麼偏僻的地方誰會來？一個月下來的營業額還不及過去一天的營收。其實沒有任何的行銷廣告，這是理所當然的。但自己還是信心滿滿，希望再騰出一年的時間學習，摸索這觀光休閒產業的經營之道。

在一個冬日暖陽午後，小女兒躺在吊床上，手抱著心愛的大麥町狗搖呀搖，一人一狗似乎都已進入夢鄉，那種恬靜、安祥、自在、幸福的感覺，多麼令人羨慕。這一兩年來，我很欣慰兩個女兒的童年我沒有缺席，我也很感謝她們協助整理庭園，接待來客。除了幫忙外，其實也是她們學習成長的機會。這些都是現代父母教養子女最欠缺的。我何其有幸，能兼顧工作、興趣及教育子女，又能娛人娛己。

當被喻為五月雪的油桐花滿山怒放時，來客滿足的神情，彷彿使自己吃了定心丸一般。山上鄰居也經常帶友人前來分享，我對鄰居們的愛顧無限感激。更幸運能與施老師結為鄰居，她與陳先生夫婦發起組織社區發展協會，更是直接幫我打造夢想注入活力。一路走來，身邊一直都有貴人關心著幫忙著；山上山下的鄰居，地區觀光產業協會的幹部、村長及許多退休老師的支持關心，使我有勇氣繼續築夢。

暮春時節的夜晚發現家門前有驚人數量的螢火蟲，小鳥、蝴蝶及各種昆蟲更是數不勝數。我們門前一百公尺處有世界級的千萬年蘇鐵模

鑄化石群，既能在此與遠古化石相遇，更期盼能與你我的人生夢想相遇——在「相遇森林屋」。

詩仙李白在「下終南山過斛斯山人宿置酒」詩中所述：

暮從碧山下，山月隨人歸。
卻顧所來徑，蒼蒼橫翠微。
相攜及田家，童稚開荊扉。
綠竹入幽徑，青蘿拂行衣。
歡言得所憩，美酒聊共揮。
長歌吟松風，曲盡河星稀。
我醉君復樂，陶然共忘機。

雖然我在山上是個生意人，為了業績我必須熱心招待客人，其實我時時警惕自己，不能有市儈氣，要做到賓至如歸、賓主盡歡。我有志效法斛斯山人，相攜每位來訪的旅人過客，陶然忘機，怡然共樂，讓來客心靈感受比詩人更為豐富。

劉順光是個無師自通的藝術家，他利用不同造形的石頭，畫貓、畫狗、畫鳥……畫得十分生動，讓人為之驚艷，愛不釋手。
在他店中，擺滿他的巧思大作，每每讓造訪者有意外的收穫。

TAKE THE TIME TO SMELL THE FLOWERS
Welcome

田園夢咖啡屋——
談我的山中「相遇森林屋」（二）

常有客人問我：「是不是從職場退休了，才到山中過著閒雲野鶴的生活？」其實初到山中還不到四十歲，退休對我來說還是非常遙遠的事。過去的工作由於是現金交易進出量較大，而遭到別人的覬覦，常有親友來質借或週轉，最後大多是有去無回，到頭來所賺無幾，也不知是為誰辛苦為誰忙。幾番思考掙扎選擇了做自己真正想做的事，並藉以提昇生活品質。到山中從一片荒蕪的山坡地開始，心想就算日子過得再苦再累，只要朝著自己的理想去奮鬥，一定能走出一片天。此時持反對態度的親友們也正等著看笑話，到底我能混出什麼名堂出來！

因為考慮到還在國小讀書的小孩，以及兼顧對父母親的孝養，所以選擇每日早晚往返都市住家與山中木屋，週休二日、各慶典節日以及寒暑假則儘量住在山上。第一年每天上山都是神清氣爽，為了打造自己夢想的庭園忙得不亦樂乎。雖然過著只有出沒有進的日子，但還不至於為生活發愁。我幾乎大部分時間都投入研究烘焙燒烤和香草種植，以及庭園設施的築構。但說實在的，美食方面既不是我的專長又興趣缺缺，且食材取得遠不如都會中的便利，香草植物的培養種植採購與調配雖稍有心得，但所學不精始終無法突破。最後只好全心全力投入自己最喜愛的庭園打造，所有笨重建材如磚、砂、水泥、石塊、木材等等皆獨自搬上不算短的階梯，每當完成一個小造景，都會樂在其中。

從小就夢想擁有屬於自己的庭院，春天有繁花似錦可供觀賞，秋天有楓紅飄落，與三五知己共享自然的饗宴。如今夢想接近，起初太太還支持著我南到田尾、埔里，北到建國、內湖花市，無非想尋覓一些奇花異木，然而考量荷苞結果，總是選擇便宜亮麗的草花來種植。但草花大多是一年生的，花季一過就枯萎了，很快又要補充，如此下去，賺的錢根本不夠買花。此時太太也終於不耐煩地說：「你只靠不斷花錢買花佈置，但別人經營的休閒咖啡屋也買得到這些，而且比我們更多更美。我們沒有自己的特色，這樣經營下去可以嗎？」同時我憶起當初店面結束，房東太太問我從事何業，我說：「在山裡買塊地種花然後賣咖啡。」老經驗的房東戲稱：「種花最笨，會把賺的錢花光光。」為了減少開支，看樣子只有用彩筆畫花，讓花永不凋謝。只要有空間就可作畫，到時不就是花團錦簇了嗎？我開始有了此念頭。至於庭院的植栽決定以自然而又粗放的原生植物為主，這些植物既能招蜂、引蝶、誘鳥，又可向客人做生態解說。

邊坡有五棵自生筆筒樹，二、三年已成大樹，非常美麗。當初高價購買了一棵小筆筒樹，至今成為鄰居的笑柄，因為滿山遍野都是。真是都市來的土包子。

營業初期鄰居碰了面總會問我架設了網站沒有，似乎是看到沒什麼客人造訪，比我更感到著急。而我心裡總想著要別具特色才能生存下去。我選用了自畫的獨具一格的路標及廣告來引起遊客注意與好奇，每逢假日前開車到各重要路口綁在電線桿上，寄望以此招徠客人。哪知道鄉公所清潔隊每天派人拆除，還警告亂掛廣告要告發罰款。辛苦彩繪一個多星期的路標及廣告一天即被拆除，白忙一場。鄰居熱心地找報社記者前來採訪，上報後雖引起少部份人前來看看我這號人物——「離開日進斗金的超商，一家四口到山上賣咖啡的怪人」。隔了一段時日，又是門前冷落車馬稀。我開始懷疑這門生意經營得下去嗎？

一日，上山的道路所有的邊坡護欄被不肖討債公司用油漆噴滿「XXX欠錢不還——幹XX」等不雅字句。經社區協會研商如能重新粉刷並彩繪社區生態，不僅可美化環境，亦可提高社區生態保育觀念。我自告奮勇參與彩繪。雖然自己不夠專業，但能接下這個富有挑戰性的工作，真是一樁既快樂又可學習精進的樂事。

時值秋高氣爽的季節，面對著獅頭山及象山山脈，清風徐徐吹過，一面作畫，一面欣賞山谷美景，山中寂靜得沒有一點聲響，心中也無一絲雜念，彩繪生態幾乎已到了忘我境界。正當按照圖片畫美麗的五色鳥之際，真的五色鳥居然心有靈犀地飛到眼前大樟樹樹枝上，並叩……叩……地叫不停，好像要我仔細觀賞，好畫出牠美麗的色彩與神韻。眼前的驚艷真令人雀躍不已，至今仍回味無窮。

從都市來看我的朋友，發現我的山居生活真是太幸福了。他們為了生活忙碌不停地工作，早被壓得喘不過氣來，我則在山中不食人間煙火，彩繪怡情，視富貴如浮雲，令他們既羨慕又嫉妒。我也意外發現自己有能力依圖片或相片畫出生動活潑的圖畫，並鍛鍊出只要提筆就可立即靜心作畫。相對於過去，至少要半年以上才畫得好一幅，我想差別主要在於那時無法靜下心來作畫。

常有客人問我在山中賣咖啡有什麼特色？這問題居然令我感到困惑不知如何回答。後來參加地方觀光產業協會開辦「庭園美化」、「特色塑造」課程研習，並到各個深具特色的休閒咖啡屋參訪，驚覺到要靠不斷購買盆花佈置得花團錦簇，並請專人照顧維護，不僅所費不貲，也永遠不會比別人好。研習老師教我們所謂特色，即是「個人創意」，能將一個人不同的特質展現出來，就是獨一無二；例如種水果的農家，用心種出好的水果品質，並研發其附加價值，釀成美酒或入菜成為一道美食，或做特色水果主題DIY物件及相關意象的服飾或專業知識的解說……將它發揮得淋漓盡致，特色因此而來。如果有繪畫天份的人，那就努力作畫以凸顯特色。一語驚醒夢中人。

隨著春天的腳步來到山居，處處迷濛的霧讓陸續綻放的梅、李、櫻、杏、桃等花朵美得如夢如幻。我穿梭霧中內心澎湃，一個以彩繪為特色的念頭油然在心中昇起。首先決定把山中單調的木屋用彩繪的方式營造出特色。向太太提出構想後，居然獲得正面回應，並建議我去學一門稱為木頭彩繪的課程。因為自從當社區義工畫護欄生態彩繪後，我就一直以油漆為顏料作畫，但整日與油漆為伍，其氣味令人作嘔，甚至引起皮膚的過敏，如果有機會參加上課尋求新的突破，改善彩繪顏料，那是求之不得的。

學畫期間天公並不作美，常遇到山雨下不停，冷鋒面及東北季風不斷侵襲，把客人嚇得都不敢上山。這樣無奈又無聊的日子度日如年，唯有上繪畫課令人期待。記得初上彩繪課時，相當氣餒，很簡單的筆法總是畫不好。但心想以初學者的心情，一切從「新」開始，應該會有所突破的。認真學習之後，終於領悟到，別人學畫是畫一幅作品，我則體驗更深，學到如何構圖、配色，以及筆法的巧妙運用，並且對於作為一個老師要如何指導學生作畫，也有深刻的理解。

那段學畫的時光是生意最慘淡之時，連周休二日也無遊客上山，何況非假日。為了打發時間便隨手撿拾石頭，臨摹日本人畫的石頭貓，在完全沒有遊客打擾的情況下，十小時完成了石頭貓。那股成就感勝過一切，就算沒客人上門也不在乎，從此開啟了我彩繪石頭的夢想之路。

就在不斷學習彩繪之際，又遇到瓶頸，不知畫什麼主題才有特色。山上天氣始終陰雨綿綿不見放晴，客人不可能上門，只好回老家下田幫父母做農活。那種心情完全沒有陶淵明田園生活的詩意，倒覺得每個人都上班上課去了，自己正當青壯年之際，卻一事無成，只能在家做農夫。太太跟我說好怕到銀行，以前每日是拿現金到銀行存款，現在到銀行都是提款，只出不進，日子越過越恐慌。一天，要到銀行繳交逾期的電話費，到了電信局卻遇上一位同學西裝筆挺、紅光滿面前來打招呼，我因下田工作舊衣褲沾滿泥土，穿著拖鞋，自覺低人一等，自慚形穢。同學們無論在公私營單位大多已是中級主管，不但有高收入，也很會理財，下半輩子生活不用發愁，我卻不但事業無成，更不會理財，只想隨自己的感覺做事。我開始懷疑自己是否選擇錯誤，也苦了老婆一路支持我這愛做夢的雙魚座。

回到家之後下定決心，既然天氣不好乾脆閉關作畫。唯有在作畫的時候才能心無旁騖。那麼就從臨摹西洋古典名畫開始吧！波蒂切利的女神，梵谷黑夜中的咖啡廳……

我的生活開始轉變，不再想拿鋤頭整理庭園，不再想擴充設施，不再想種植草花，把重點放在尋找題材做為木頭彩繪的創意。以山居周邊的蟲、魚、鳥、獸為彩繪石頭題材的生活，逐漸成為我生活重心，看電視、上網或訪友都讓我覺得浪費時間。收音機、木頭、石頭和畫筆顏料是我最親蜜的夥伴。作畫同時還可從優質的廣播電台節目吸收時事、財經、健康、娛樂等領域的新知。埋首作畫的心情，以及嘔心瀝血完成如同作家、音樂家的創作，常令我感到悸動。就這樣，彩繪木頭、石頭

成為我每日重要的工作，賣咖啡已成為副業了。最感到快樂的是完成了自己滿意的作品，而所煩惱的是下一件作品能否有新的突破。至於生意好不好，已不是我在意的事。

女兒暑假來臨，我們舉家到山上長住。除了第一天晴空萬里，視野遼闊，極目遠望西部美麗海面與沙灘，忍不住釘了木板畫了下來。之後，敏督利颱風揭開暑假序幕，然後是更具破壞力的艾利颱風帶來的豪雨，使得山路坍方、路基淘空。山中鄰居驚見大自然無情破壞力，本想蓋休閒屋的皆暫停。山區只有一條進出通路，一旦道路全毀，一切夢想都沒了。但是我堅信情況總會改善。於是我利用這段路基坍塌、遊客不敢上山期間，重新整理庭園做較大的改善，將漏水無遮蔭效果的棚架拆除，買木料瓦片重新搭設，房子屋簷全部加長以防雨水掃進。就這樣白天做木工，晚上作畫來打發時間，日子也過得不亦樂乎。這年的颱風真多，一直到秋天還有秋颱肆虐，整個夏秋天幾乎沒有收入。我在想還好小孩只是唸小學，若是唸私立中學或大學，我真的會為繳不出兩個女兒的學費而煩惱。

第二年春夏季的山居生活也是在風雨不斷中渡過。第三年更慘，過年是在濕冷的雨中度過，緊接著的梅雨季特別長，生意更是難做。唯一收穫是這些沉潛的日子中在繪畫世界裡不斷嚐試與摸索，遇到瓶頸就到圖書館借閱書籍，特別對西洋藝術發展史有更深的涉獵，內心更加渴望用畫筆充分表達周邊生活事物。而為數眾多的大自然鳥類、昆蟲及兩棲爬蟲等，經常在我山居週邊出入，更是最自然親切的夥伴。在都市叢林中的人們是不易見到這些的，若能真切地將牠們畫下來，客人便能同我們一起分享這山中可愛的小精靈。因此青蛙、蜥蜴、昆蟲、鳥類這些鄰居們皆成為我石頭畫的主角。

第四年的五月，被稱為五月雪的油桐花在山區熱鬧的上場。北部地區因客委會的大力推動，各客家鄉鎮均辦理桐花祭以帶動觀光人潮，在山區終於見到所謂遊人如織，一掃長期以來的陰霾。正當經營稍有起色、預約團體不斷之際，我永遠記得五月十二日這一天⋯⋯ 接近中午時分，烏雲密佈，隨即下起大雨，本以為這在梅雨季節是很正常的，但這場又急又大的暴雨傾盆而下，數小時後仍沒有停止的徵兆。撐傘觀看門前轟隆奔流的溪水，不意這平日涓涓細流的山溪，頃刻成了洶湧澎湃的山洪，心念一閃，驚覺不對勁，必須趕緊離開，否則到時山路隨處崩塌，將無法開車下山載放學的小孩。我立刻要太太收拾好離開山區。但雨實在太大，雨具毫無作用，一下子就全身濕透。下完階梯，湍急的洪流聲已掩蓋與太太的對話聲，如萬馬奔騰的洪水由上傾瀉而下沖跨過道路，硬闖過去很可能會被沖下山去。頃刻間內心十分驚駭，但還是決定緊牽著太太的手衝上車。我顫抖著急速倒車迴轉車頭，雨刷以最快速刷動，但眼前依然白茫茫一片，根本看不清前方，才前進三十米左右，前方道路已經變成十幾米寬的河流。我擔心會連車帶人被沖到萬丈深淵的坡下，立刻緊急剎車，不敢再前行。心想即使僥倖通過了，途中若遇山崩或大落石阻擋，因路窄無法迴轉，那更糟。於是緊急迴車。那時的驚恐景象猶如災難電影裡的情節。我再次衝過山洪暴發的溪水到地勢較高的鄰居家去看看。在自家聽到洪水聲令人心驚膽顫，到了鄰居家遠離洪水聲，只有大雨聲，才感覺似乎安全多了。當初蓋木屋時，設計師希望房子建在溪流旁邊，並且搭設親水露台，現暗自慶幸沒有聽從設計師的建議，否則今天木屋就被山洪沖毀了。

此時宅配司機也打手機給我說道路不通無法送貨。待大雨稍歇，回到自家，山洪依然沖刷著道路及階梯。接近黃昏時刻豪雨下得比下午更猛更急，我與太太驚恐得說不出話來。我拿出石頭任意地畫畫，希望藉繪畫讓顫抖的心平靜下來。（小孩已自行淋雨走田間小路回山下的家。）天黑了之後雖緊閉門窗，洪水聲仍然大得無法聽收音機，庭園積水已高過屋內，從屋角不斷滲水進來，二樓只要有縫的門窗皆有滲水。這時忽有車燈照入。路應該通了，但不知是何許人敢在暴雨的黑夜駛進來。不久電話響起，傳來鄰居關切的聲音說：「快走，路目前是通的。這回的豪雨不一樣，山下很多路都淹水不通了。如果堅持不走，就過來一同住。」可是我連下階梯出門都不敢，不知溪水暴漲到何種程度。不久又見車燈駛離，向我按喇叭告別（事後得知這位鄰居被崩塌的土石困住，進退不得，只好棄車在驚慌恐怖下冒險脫困。幸好當時沒跟著開車下山。）一會兒，我撐傘出去，才走一步就來個閃電急雷，我傘一丟跳回客廳，差點遭雷殛斃命。

我將所有手電筒找出充電，也先想好若是遇上崩山、走山，要從側門或後門逃離，往山上衝。豪雨一直沒有停止的跡象，打電話問候山下鄰居，淑麗姐一人住在山下，屋邊的溪溝已暴漲到庭園，並有多處邊坡崩塌，外人無法前來接濟，我們只好互相打氣消除恐懼。夜晚一直不敢入睡，轟隆隆的溪水聲就像要山崩地裂般。這山中天氣好時，猶如天堂仙境般怡人，但在這暴雨肆虐下又有如煉獄令人驚恐。面對大自然如此威力，人類怎能驕傲地說人定勝天呢？我承認我很膽小，這回可真嚇到了。

一夜未眠。天色微亮就急忙起身察看災後景況，雨勢已緩和下來，但山洪依舊，道路不是被土石淹沒，就是路基淘空，且處處崩塌，根本無法通行，只好耐心等待救援。直到傍晚怪手司機才將道路搶通。開車下山時，一路上看到的可說是柔腸寸斷慘不忍睹。我和太太無心看各地災情，只想趕快回家看小孩。但我們不敢走平常抄近路的山路。回到苗栗市區見車水馬龍的下班人潮，誰知道我歷劫歸來般的心境。心想這回的創傷又不知何時能復原。回到家中看到報紙才知道，這是本鄉五十年來最大雨量，深山地區單日下了一千三百公釐，而我們淺山的山區也下了七、八百公釐，而且有一半集中在黃昏後的兩小時內，瞬間雨量之大，其所帶來的嚴重災害可想而知。

山下的家中工作室落地窗正對著田野，也可遠望加里山、神桌山脈。接下來每一天山頭都是烏雲罩頂。我為彩繪不斷找尋靈感，但心頭也像烏雲罩頂般，不知何時才可神清氣爽面對彩繪人生。心想這段道路不知何時復原。可以放長假畫畫了，但是值不值得將自己黃金歲月浪費在這山中，聽任大自然的擺佈決定我的前途呢？除了假日，是否在山下也要有一份較穩定的事業來平衡收支呢？執著於山中會不會被人譏笑呢？內心幾經掙扎，不斷天人交戰下，就當作是老天爺給我淬鍊的機會吧！

六月地方觀光產業協會同業來店觀摩，除了訴說著一路走來的精彩故事和同業分享外，閉門造車一屋子的作品，加上自己也沒有任何行銷廣告，連路標也不清，以致來訪的客人寥寥可數，正為此感到汗顏之際，同行的大學教授給我鼓勵加油，先自助後人助，賣咖啡其實是賣情境、意境和心境，歷經淬鍊後發現自己有與眾不同的彩繪天賦，也可以作為努力奮鬥的目標。

生活記趣

蟹蟹光臨

畫多了選自河床下游、經千萬年溪水不斷沖刷滾動而表面光滑的卵石，總想有所突破，將未曾入畫的生態，由平面畫轉變到立體畫，石材選擇從平滑的石畫到形狀奇特凹凸不平的石頭，總想能在未知的繪畫藝術世界去作新的嚐試，藉以不斷發掘自己繪畫潛能。生活的樂趣不在於今天賺了多少錢，不務正業地找尋靈感創作，遠比做賣餐點咖啡更好玩。於是腦筋開始轉向屋邊溪溝下的亂石，那裡有取之不盡、用之不竭的石材。當初規劃庭院時為節省材料費，並考量建材能與自然相融合，便以溪石砌花圃、步道、台階與鋪面；雖然免費但是相當辛苦，要靠人力一顆顆搬上來。有一顆砌完石階後剩餘棄置一旁的扁石，躺在桂花樹下兩年多，此時重新獲得我的青睞，好好刷洗了一翻。但要畫什麼呢？正當我苦思彩繪主題時，不意在庭院口見到了拉氏清澤蟹，對了，就畫牠。

記得初到山上走訪鄰居家，鄰居們大多引用無污染的山溪水建魚池、蓮花池或生態池，自然引來豐富生態，也鼓舞著我在庭院入口處玩個小兒科的水池，自己砌磚拉管配電，以水族箱專用馬達循環池水。當池子完成一周之後見到可愛的小蝌蚪，半個月之後更引來兩隻定居的螃蟹在水芙蓉上乘涼，見機不可失馬上搬來扁石作畫。這不正是名副其實的對客人說「蟹蟹光臨」。

如今這塊畫螃蟹的扁石，成為我的最愛及鎮店之寶，有客人欲出高價購買，我哪捨得割愛。

聽泉

在炎炎夏日火傘高張季節進入都會區採購，開車馳騁於柏油道路上，從汽車引擎蓋前方可見騰騰熱氣流猶如在沙漠中，車窗外景物因空氣密度不同而扭曲著，下車後，車外的高溫更是幾乎讓人熱昏頭。但回到山中潺潺流水的溪溝邊，倍覺清涼撲鼻，在長滿青苔的石頭上乍見兩隻拉都希氏赤蛙，正在溪邊涼快聽泉，乾脆貨物先放草地上，也坐在溪邊涼快一下。

常覺得我何其有幸，不用在都市叢林中奔走忙碌，自己當做山寨主，擁有大自然及自己的一片小天地，賞蛙、聽泉、觀自在，讓長滿階梯草的溪邊透露些許禪意。

五色鳥

除了前文提及的在社區道路上畫五色鳥的奇妙體驗外，有一次到鄰居家拜訪，屋旁的五色鳥正在啄食木瓜，毫不在意我和太太在樹下觀察，倒吊式的啃食動作可真頑皮。不一會兒被啄食的木瓜掉落了下來，難怪果園農人最討厭五色鳥。不過牠五彩艷麗的身影在眼前輕盈躍動，還真賞心悅目。

曾帶小女到圖書館還書，途中經過夜市，在賣鳥攤位上乍見五色鳥，立刻驅前近距離觀賞。哇！原來每回遇上五色鳥都有一段距離，感覺是小型鳥，近看才發覺是屬於中型鳥類，身長約廿五公分。可是籠中的五色鳥的綠毛是墨綠色，鳥喙灰藍無光澤，可能是關在籠中失去自由，而使色彩不夠艷麗，失色不少！

有一次寒流來襲，我正在二樓緊閉門窗聚精會神彩繪桌子，突然聽到陽台上「碰！」的一聲，推開門望了又望，什麼也沒有。正準備關門時赫然發現陽台上躺著一隻五色鳥，手觸摸牠感覺還有體溫，軟軟的，應該是牠看到前面綠色小樹叢想飛過去，卻不知有透明窗戶阻隔，意外撞上而一命嗚呼！頓時感到十分難過，趕緊拉上窗簾，免得又有不知情的五色鳥不小心撞上。

隨著春夏季來臨，五色鳥在山中整日「叩、叩、叩」不停地歌唱，陪著我度過山中的每一天。

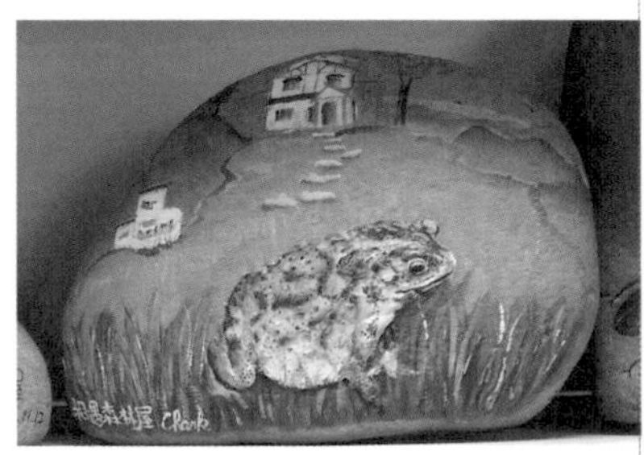

真正的主人

暑假住在山中真如避暑山莊，冷氣電扇完全派不上用場，庭園充滿沁涼的自然風。我常會帶小孩探索山中小精靈，作生態教學。幾十隻剛出生的小螳螂，剛破繭而出就要對自己同胞手足進行弱肉強食、優勝劣敗的自然淘汰賽。也曾在野薑花葉的隱密處，發現螽蟖在做愛的進行式；還有不知名的小蛇纏繞在觀音棕竹上一動也不動，正在等待獵物上門。夜晚時蟾蜍的巨無霸——黑眶蟾蜍——總是在大廳外，捕食燈光吸引來的飛蛾及昆蟲，不慎踩到牠，牠一點也不以為意，依舊向前爬行兩三步，吞吞口水，老神在在的，反而是自己嚇了一大跳。

這地方原本就是屬於牠們的，世世代代在此上演周而復始的食物鏈，牠們才是真正山中主人，而我們只是到此作客。有一塊彩繪石頭把庭院及房子畫的小小的，畫中的動物老大才是主角。

非洲大蝸牛

第一年的暑假，第一晚因為沒有電視可看，便懷著每日皆可住在山中的喜悅，造訪鄰居家。這可是山裡最有人情味的活動，我決定到山下陳先生家。聽說生態池的蛙種和我家像鳥叫聲的斯文豪氏赤蛙不同，牠們是鳴囊鼓得圓圓大大在睡蓮葉上鳴叫的，我想實地造訪看看是否果真如此。

陳先生家果然很有山居的味道，畢竟長住和假日住是不一樣的。我們在生態池邊，聆聽陳先生夫婦敘述有關生態池的趣聞，池中魚及部分蝦是從引水導管自然而來的，真是有趣。本想觀察蛙類而先靜默五分鐘，不久赫然出現五隻非洲大蝸牛，靜靜地往水池方向移動。哇！好久不見，小時候陪母親在菜圃皆可見到這樣的大蝸牛，有時還檢拾敲碎餵鴨子，不過這些記憶已和螢火蟲一樣不知不覺消失在我們的生活中。而今發現牠的蹤跡，令人墜入時光隧道重回童年記憶。雖然當夜見鼓著大鳴囊的青蛙，但充滿幸福感的山居生活，讓我重回兒時記憶，那時的溫馨感受，在陳先生家體驗到了。

艾利颱風的記憶

第二年暑假來到山上長住，滿懷期待會是什麼樣的暑假，艾利颱風卻重創山路。路基塌了一半，只剩下剛好車身可過的寬度。這是唯一的進出通路，大家都擔心哪天路基完全沖毀，那可要坐困山中，十天半個月下不了山。雖然暫時還可勉強通車，不過看氣象報導，旺盛的西南氣流不斷引進充沛的水氣，豪大雨的警報也不斷發出，唯恐路況會更糟。為了讓心情平靜下來，突然想到母親在冬天稻田休耕時會大量種福菜來醃漬，醃漬時會用許多大石壓在上面，石頭不用時便堆在屋角。我在屋角尋找到一顆自然裂成兩半的大石，那正是我要找的。洗淨吹乾後心想畫什麼好呢？桌上正好擺著《西洋藝術史》的書籍，就照著圖樣較清晰的美麗的維納斯女神畫。這是剛開始畫石頭的第三顆，依然擔心顏色無法著上，所以打了厚厚的底劑再塗上半瓶白色塗料，確定成一張白紙後才開始靜心臨摹未曾畫過的西洋人物。雖然為了維納斯的臉怎麼畫都像東方人，苦於塗改近十遍仍無法畫出她的神韻，但卻因此發現可以利用颱風天及下雨天玩彩繪；之後每遇颱風、下雨，甚至冷鋒面南下，便聽著收音機沉浸在彩繪世界，真是生活中的一大樂趣。

咪咪

油桐花開時，畫了一批桐花貓石頭，止巧家裡來了迷路的小野貓。我畫貓卻不曾親自觀察貓的特徵，小野貓恰巧可做Model。我將牠取名咪咪，經常吵著要飼養寵物的小女，終於能夠有隻日以相伴的可愛咪咪。此後每天早晨起來，她總是急著去看咪咪，溫柔地撫摸牠並讓牠飽餐一頓，放學回家後抱著牠寫作業、看電視，簡直是形影不離。一日，小女早餐吃饅頭時還不忘和咪咪分享，但就在要出發上課前，卻發現咪咪躺著不動已經死了。生命真是無常，牠十分鐘前還在啃食早餐，現在卻怎麼也喚不醒了。小女兒最是難過，咪咪只陪我們走過一個半月，真令人不捨。這顆咪咪石頭是紀念咪咪，謝謝小生命陪我們度過了一段快樂的時光。

山居情甜美夢

■ 王頌平

「老師，我要嫁到苗栗山區了！請你當我結婚時的女方陪嫁。」四年前一位女學生的一通電話促成了與此地的因緣。由於學生的先生是此地愛鄉協進會的支持者，在他的介紹下，了解到此鄉有許多有志之士一直在思考它未來的發展方向，如何在經濟與環保之間取得平衡，使得這塊好山好水可以吸引遊客造訪，創造鄉民的生機，同時又可以保有它得天獨厚的美麗山水。在他的帶領下，實地走訪後，深深為這塊土地豐富的客家文化與天然美景所吸引，因而決定效法陶淵明追尋桃花源，在此地購置一塊屬於自己的土地，打造一方福田。並希望在公餘之暇結合地方發展團體，貢獻自己在電腦方面的知識，為此地的小朋友們奠定資訊的基礎知識，減少城鄉的落差。

但由於誤信建商不實的廣告，加上對於追尋桃花源之心過於迫切，以至於在未能充分了解相關法令下，便冒然將夢想付諸實施，因而夢想實現的同時卻也是驚夢的開始！首先是縣政府開出違反水土保持的通知，認為我在未經申請許可的情況下私自開挖土地，有違反水保法之虞，因此裁處六萬元之罰款，同時於二年內禁止開挖之申請！此一裁處不僅驚醒桃花源之夢，也開始了與官僚政府之間無奈而漫長的法理之爭！

當初因愛上並認同這塊土地的文化與美景，因此在房舍建造過程中完全採用生態工法，絕不破壞自然美景，更何況在自己的土地上努力做好水土保持尚嫌不足，豈有破壞之理？因此對於縣府不分青紅皂白的裁處提出訴願，謹將原訴願文摘錄於後，以供參考。

經過三個多月後，農委會訴願審議委員會正式以「訴願案決定書」函覆，主文如下：原處分有關「自第一次處罰處分書送達之日起兩年內，暫停該土地之開發申請」部分撤銷，其餘部分駁回。其理由為「原處分之機關裁處訴願人自第一次處罰處分書送達之日起兩年內，暫停該土地之開發申請。自應記載所依據之水土保持法第23條第2項規定，乃原處分並未記載此規定，而逕對訴願人為此處分，自有以書面行政處分未記載法令依據之違法。本案有關受處分之土地自第一次處罰處分書送達之日起兩年內，暫停該土地之開發申請部分，有重行審酌之必要，爰予撤銷此部分之處分」。

本案經事後檢討，雖然訴願後得將原本兩年後才能開發之限制予以撤銷，但原裁處罰款六萬元之處分仍須繳交，原因在於縣府會勘時，我以殷實百姓之想法十分配合稽查人員的相關記載，並簽名認可，此一簽名即成未來處分之依據（因當事人已承認稽查人員所寫之事實）！經由此一經驗教訓，建議各位愛山的朋友們，爾後與政府機關有任何爭議時應堅持有利自己之立場，不要輕易在會勘紀錄上簽名認可，方能確保自身權益。

就在本社區所有住戶開始與官僚體系鬥爭而陷入驚懼、慌亂、沮喪的情緒時，正好由陳理事長口中得知施老師也是嚮往此處迷人風情的愛山者，並且在遷居此地的過程中也遇到類似的折磨，因此希望結合眾人之力，讓政府了解我們這一群愛山愛水的「都市人」只會讓苗栗的好山好水增加其經濟與文化效益，絕不會破壞山林的一草一木。在與施老師多次的接觸後，對於施老師的宏觀理念與社區經營概念甚為折服！同時經由陳理事長對於此地原生植物的研究、保育與復育的過程中深深體認了唯有集合眾人之力共同打造人與自然合一的生活環境，才能打破政府生硬的官僚體系之決策思維！

雖然多數人對「台灣女權運動的先驅者——施寄青老師」的認知都僅止於其精明強悍的街頭運動者印象，然而施老師對於此地的喜愛讓她多了一分睿智與包容。因此在大家對於申請建造過程中受到百般刁難與一國多制的待遇中，施老師認為與政府單位的溝通應以「菩薩心腸，菩薩手段」取代以往「菩薩心腸，霹靂手段」的作為，所以在她的號召下，以創造文化的、環保的、人文的新故鄉為宗旨的「苗栗縣侏儸紀故鄉營造協會」就在眾人的熱忱參與下歡喜成立。身為創始會員的一員，除深感榮幸外，並希望能貢獻一己之力，為創建美麗家園、提升人文素養、促進社區發展而努力。

「人類之所以能如願飛翔，不是單靠引擎和翅膀，而是因為勇於追求夢想！」相信在大家同心協力的經營下，必將能「夢想成真」！

在甜美小築，體驗的是一種與自然徹底相融的生活，白天仰望湛藍深邃的晴空與滿溢花香的綠地，夜裡窺探高掛天際的月亮與漫天澄透閃爍的星子，每一刻的鼻息耳目都浸潤在自然裡。霜風雪雨皆是心情，鳥獸蟲魚盡是點滴。山野開花，風中鳥鳴，大地顏彩的豐富，季節轉移之明顯，歲序從不錯亂，草木漸層移轉的細節，盡在無聲之中，沒有一時不在默轉。在這裡，沒有甚麼累贅與凡俗塵務，人的性靈與土地如此貼近，感覺天地原來近在咫尺！愛山的朋友們，歡迎大家共同參與故鄉的營造，也歡迎大家共同分享這分靜謐與甜蜜。

附錄：訴願文

事由：為對　鈞府建設局農保課九二、五、二九府農保字第xxx號函處分書違反水保法行政罰鍰案，損害訴願人權益，依法提請訴願，請准予撤銷原處分，以示公允！

一、事由

爰訴願人頃接　鈞府建設局行政罰鍰處分書列舉違規事實「擅自開挖整地興建木屋」，甚感訝異與不平，裁決單位未詳察違規事實而逕行認定訴願人有違規之事實，處以高額罰金並限制開發申請兩年，殊欠公允！

二、理由

查訴願人於自有土地整建簡易寮舍一棟，為顧慮水土保持於寮舍整建時並未開挖整地，僅於前院因土方流失為顧及水土保持及美觀考量，於流失部分覆被植草磚及種植草皮以強化水土保持功能，縣府農保課於會勘時認為有開挖之虞而開單處罰並勸導修復改善並未告知列管二年，且訴願人於會勘後即完成草皮之種植，完全達到保護水土之功能。

詎料鈞府建設局除處以六萬元高額罰鍰外並限制訴願人土地開發之申請兩年之久，處罰過重，違反公平正義原則！

政府存在之價值在於幫助人民解決問題而非箝制人民之行動與自由，憲法亦規定政府應保障人民財產安全，如今訴願人在自有土地做非常微小面積的強化水土保持之工作卻因為未經申請而遭受重罰，然大型財團大肆搜購土地做違規開發與販售行為如雨後春筍般到處林立，卻因財團有律師團等專業人士之奧援而使政府未敢有效取締與制止，實令人一般平民百姓感到氣憤與不公！況且訴願人也已經在未接獲處份書前已自行改正，敬請　貴會本微罪不舉，刑期無形，保障人民權益之大纛，撤銷原處分，以符公平正義，以免冤抑。

山居隨想

■ 王頌平

四月的南庄，油桐花已盛開，走在山居小徑，欣賞油桐花多樣化的美——數大之美、花型之美、飄落之美，都市的喧囂與勞累，在此皆一掃而空。進駐田美倏忽已過四載，除了享受山居的優閒，更因鄰居好友的熟識而使平靜的山居生活添加了許多樂趣。隨著住戶的增加，大家的生活圈更加擴大，也因而結交了許多好友，這是當初購買這塊土地時所未想到的，也可以說是山居生活的意外收穫！

愛鄉愛土保自然

由於社區居民均本著熱愛土地、享受自然的理念來到僻靜的山林，因此對土地的利用都能在不破壞自然的原則下進行最低限度的開發。同時也因為對這塊土地珍惜，開始學習樹種與水土保持的關係，栽種能涵養水源的樹種以強化土地的水保功能，更在協會理事長陳博的宣導下了解南庄原生植物的多樣性與珍貴性，也肩負了原生種植物的復育責任，希望讓人與自然、土地與自然獲得完美的融合。

有緣相聚交友樂

田美社區人員的組成，以「有緣千里來相會」來描述，應是最貼切的寫照！筆者與鄰居劉將軍曾是同學，盧、羅兩位先生則是同一辦公室的同事，莫先生的夫人與劉將軍則是小時候的鄰居！在這小小的社區中，大家的關係竟是如此的緊密！最有趣的則是大家有志一同，不管是朝夕相處的同事，或是數十年不見的鄰居，或是十多年不見的同學，竟然都不約而同在此重逢相聚，也因此更加凝聚了社區的情感與共識。經過三年相處，我與劉將軍及陳先生三家已成為莫逆之交，每逢假日三家共享用餐時刻已成慣例，而劉將軍的風趣與健談更是增添用餐樂趣的泉源。為了避免大家破壞了中年人保持體重的堅持，規定每家僅能提供二至三道菜，然而只要陳先生的岳母大人一到，或劉將軍又從食譜上習得了什麼新的菜色，就必然破壞以上規定！然而這種情形時常發生，也因此所謂的減肥計畫註定失敗，現在的山居用餐已成為一種「美麗的負擔」。

山居生活最大的樂趣在於人際互動的真誠和熱情，鄰居間的往來絕非生活在都市叢林的一般大眾所能想像與體會。似乎生活在山中的人每天都是敞開心胸歡迎親朋好友的到來，而鄰居間的互通有無、無私的互動與熱情的接待，使得不管是一杯香草茶或一杯咖啡，均能感受到主人那份濃郁的熱誠！

故鄉營造展願景

憑藉著一致的理想與遠景，在社區名人施老師的號召下，我們成立了「苗栗縣侏儸紀故鄉營造協會」。由於社區的成員涵蓋教授、醫師、會計師與科學園區的科技精英等具有專業知識與豐富社會歷練的背景，希望藉由組織的成立結合所有住戶的知識與願景，共同打造一個美好的生活環境，同時融入社區附近的人文生活、自然景觀，規劃出未來精緻生活圈的遠景。

協會在首任理事長陳博先生的領導下，蓽路藍縷，建立制度、規劃遠景、籌劃活動、展現成效，更獲苗栗縣政府補助經費，規畫完成史前活化石「蘇鐵化石」園區的整修與開放。而每一次活動的規劃與執行均獲社區鄰里熱忱參與，迄今已辦理多次活動，除了一般性的健行登山活動，更多的是走出社區結合地方的活動；例如彩繪家園活動，動員社區居民以親子活動的方式，將社區聯外道路的擋土牆畫上南庄的生物、鳥類與花卉，讓險峻的道路不再冰冷，更展現南庄的豐富生態。又如「煤山古道」探勘之旅，則是結合當地耆老，共同開發觀光資源。由於南庄地區早期採礦發達，礦工生活是南庄老一代人的共同記憶，近數十年來隨著礦脈的衰竭而廢棄，因此早年的礦坑與礦工文化也從未出現在當地年輕人的腦海中。協會為了重現南庄地區消逝的文化資產，特別委請當地耆老憑著小時候的記憶，帶領大家重新探勘廢棄礦坑遺址。由於礦坑廢棄已久，聯外道路已是荒煙漫草，探勘的過程備極艱辛，所幸礦坑遺址保存尚稱完整，如能將蘇鐵化石區與礦坑遺址結合成為一趟具知性與歷史文化之旅的觀光路線，將可為地方增加豐富的觀光資源，促進地方的發展與繁榮。

寧靜致遠享山居

漢寶德教授指出「房子是物質的，家是精神的」，在四年的山居歲月中，除了擺脫壓力，滿足了獨處空間的需求，更有追尋生命綠洲的喜悅！這裡是一個不受干擾的空間，可以體會孤獨，獨立思考，沉澱心靈，讓思緒可以醞釀，可以發想，精神生活不虞匱乏。閒暇之餘，內人常以南庄的好山好水做為繪畫創作素材，部分山水畫已獲企業收藏展示，除藉以怡情養性之外，更為推廣南庄山水略盡綿薄之力。

「大多數的人想改造世界，但卻少有人想改造自己」。其實幸福非常簡單，就是改變自己的生活，遠離塵囂，走進自然，在淡泊生活中體會單純的美。山居生活是如此令人難以抗拒，翠山漫春情，勾引人側身橫臥，以天為衣，綠樹為被，日日醉臥白雲間，剪一片雨，掬一把風，快意迎入懷。

最後引用耕雲導師創作的一首「山居好」作為山居生活的註腳。

山居好，遠離紅塵少煩惱，戴笠荷鋤踏莎行，採蕨煨芋也堪飽。
山居好，山居好。

山居好，白雲飄逸翠巒繞，山花爛漫意恬然，保任最是此刻妙。
山居好，山居好。

山居好，布衣芒鞋行古道，無事無心閒散人，工夫只在勤奮掃。
山居好，山居好。

山居好，專心辦道沒干擾，水邊林下養聖胎，功成果圓大事了。
山居好，山居好。

只有真正懂得享受生活的人，才能真正給人快樂，也才能分享快樂。但願山居歲月的體驗能帶給讀者啟發，體驗生活，享受快樂！

橄欖樹

■ 胡麗琛

我總對朋友說：我是山中的女人！
自有記憶以來，生活的接觸面無論是視覺上、
氣味上，一切的感覺永遠是美麗的山巒層疊、
流水潺潺、空氣中瀰漫著松脂味……
甚至在冬天、夏天、多風的日子、無風的時節，
祇要我靜心感覺，寧靜分辨……，
都能找到讓自己心滿意足的快樂！

我摯愛的父親在林務局工作，調派是常事，於是跟著他在鄉間城鎮流浪成為一種宿命。記得在桃園復興鄉角板山曾經住過一段時間，那裡也是個偏遠的深山小部落，幾年前重返舊地，想尋覓兒時的玩處，卻是物換境遷，情景不再，但與原住民小朋友追逐嬉戲的童稚模樣依然清晰，從此在心底深處烙下圓夢的念頭——在父親的退休處「苗栗山區」覓一地，家人共築一個夢！

為了提高環境的和諧性，同時也不想昧著良心去打擾世間一切事物的配置，我以木造房子來迎合四周的山巒與林子，加上山莊內早期已植種橄欖樹數十株，如今結實纍纍，平常我總愛哼唱著那首老歌「橄欖樹」，所以便取名「橄欖樹」山莊。我蠻愛這首歌曲，歌詞中「爲了山澗清流的小溪，爲了天空飛翔的小鳥，爲了寬闊的草原……流浪遠方……爲了我夢中的『橄欖樹』」好貼切我的心情，好巧合，我為這個家的命名！

那天，施老師偕她的好友陳正武夫婦來訪，他們都是山中生活家。我們在閒談中有了共識，決定大家一齊來維護這塊美地，並寫下心情。我能感覺到施老師回歸山林、沈潛在閒逸中散發出來的清明、滿足與穩定。記得我曾在林語堂先生一本書中讀到：我們應當能夠體驗出人生的韻律之美，像欣賞大交響曲那樣欣賞人生的主旨，欣賞那或急或緩的旋律，以及最後決定由自己去演奏，慢慢奏出屬於自己的主旋律與人生。

自忖這一路走來一派天真，雖有熱誠，但也滲點愚憨，加上無可救藥的浪漫與執著，我試著去演奏屬於自己的曲調；心血來潮時畫畫自娛，也娛人一番；開個小咖啡館做個「咖啡娘」，經營一間小小的民宿，讓一些原本不相識的旅人有緣聚上一晚，暫憩一宵再整頓心情，走他們的下一站旅程。帶著一份「玩世」與「有心」，我扮演著各種角色，也許待哪一天玩累了，我最想追求一份可以讓自己慵懶的自由，做點自己喜愛的工作，沒有太大壓力，遠離現實必須關切的事物。但我清楚時機未到，因為，我做了這個夢，也享用了這個夢，所以，需要再把夢做下去——且與家人、朋友們分享。

許多事物幾乎都是藉著回想才變得更真實，感覺也一樣。深情的一握，了然於心的默契，不經意的一笑，那聲音情景似拍電影的背景音樂，自然地流洩出一大串的歡樂與感動！我相信家人共同的參與，在築夢的甘、苦過程中，在每個人的心底，都必定留下美好的回憶，何況有父母親的關切與期盼！

可知道世上最快樂的人，也就是不為俗世所役的人。一個人能不受福禍擾動，靜勝於動，才能獲得真正的平靜。山居歲月的簡樸，悠閒的生活，不是每個人都能享有，那必須要有恬靜的心地和樂天曠達的觀念啊！我了解施老師目前正以較寬容、玩世且溫和的態度在輕彈她自己的曲調，且漫不經心地影響著她周遭的朋友，因為幾次的聚聊我都能深切感受到她內心的愉快以及談話中的歡樂。當然，我更希望她能在我們這些山中友人的情誼裡感受到更深的喜悅與幸福！！

橄欖樹山莊

聯絡電話：(037)825825　0919822379

山莊女主人琴棋書畫無一不通，她的畫有空山靈雨的味道，更擅於自彈自唱，讓來客有如置身在詩情畫意中。

橄欖成熟時

有時候，我會幻想，人類對某些事、物、情感……的滿足感，是否會一樣地發生在植物的身上？它們經過發芽，兜住日光抽出綠葉，耗盡精氣結出果子……瞧！它們結實纍纍往下垂落的樣子，我不禁要問：「你們可會有滿足感？」不！應該說：你們可會有快樂、幸福的感覺？俊挺的樹幹，好似清雅秀氣的才子，不染穢氣的葉片，總飄散著清清淡淡的橄欖香，穿梭在樹叢裡的鳥兒自然而不造作地棲息遊戲其間。我相信，樹若有情時，動物亦有所感，總愛膩在它的懷抱裡，慵懶地吱喳，傾訴著欣喜與雀躍。就連我也時常樂顛顛地為它唱著「橄欖樹」這首五〇年代的民歌。想必樹靈也能回應我待它的深情。呵！傻人癡話一番！但，我更相信萬物有情時，可貴之處即在真切與不鑿痕跡地流露！

每當大風、急雨下，我們家的橄欖常會掉落滿地，直挺樹幹的身軀旁躺滿著小綠丸子，形成一幅多子多孫、承膝歡下的可愛畫面。我知道，當它熟落時，也似乎在訴說著生命終止的無奈。生命有許多選擇，被迫選擇是最悲憾！但，若是「雲來山如畫，雲去山更佳」，不也是一種清風朗朗的灑脫。

儘管橄欖樹有季節性的結實、落葉、蕭條，但也說明了大地井然有序，如此年復一年，怡然自在。人嘛！終究不甘寂寞，總要活出不同的燦爛、多彩，才不虛此生矣！好比花、好比樹，幸福地花開，瀟然地葉落，順其自然一年閒過一年，這也是生活的最高境界！我好欣羨閒散帶點頹懶的生活態度，因為閒情才會有好的藝術「創作」；創作並不是一個實體的成品，可以解釋為「生活的遊戲」，讓人有美好的心情去領略人生的樂趣；那麼，活在當下的這個塵世就是我們唯一的天堂。

人間天堂

人與人之間常會有心神領會、相視莞爾的時刻；情誼急速成長的時候；只因人們在某一段時空裡有相同而契合的快樂情緒，這種情緒的波動隨著言談的聚聊、食物的分享、肢體的慰觸（擁抱、握手、親吻……）而高漲，彷彿共同演奏著優美的曲調，興起一波波的激盪與陶醉！久久不能忘情。

誰說人間沒有天堂！那是一種環境、一個氣氛、一片美麗的風景、一個可愛的臉孔、一個迷人的微笑、一份深情的愛戀、刻骨銘心的慈愛……，是許多的真、善、美，有形、無形的呈現。記得四月柚子花香，滿園濃馥的清香飄溢在整個山莊，一群小孩夜宿我家，一個小四女生問她媽媽：「柚子樹開的花好香哦！媽，摘一朵給我，好嗎？」另一位小五男生回答：「我們是不是來到好像天堂的地方，真的好香喔！」香味會使人如置天堂，我倒是第一次聽到小孩的比喻。去年四月底有一對情侶在我們咖啡屋後的小山坡欣賞一片星光閃閃的螢火蟲，女孩讚嘆道：「我好幸福哦！能和你一塊尋覓到這麼一大片的螢火蟲，喔！我這輩子沒有遺憾了……」男孩緊摟著女孩，只是深情地笑著……我相信，在他眼裡我看到了天堂！一對退休老師，吃完早餐坐在屋外迴廊，喝著香醇的咖啡，突然好幾隻老鷹聲聲長嘯。仰望藍天，看見牠們遨翔盤旋地追逐著，蕭師母驚呼：「哇！老公，你看，好多老鷹哪！……」那神情好似小孩興奮的歡笑著，蕭老師也呵呵地笑鬧著，我發覺他們年輕了十幾歲，不像之前的道貌岸然，一副老學究的樣子。其實，情感與思想若沒注入新的活水，麻木遲鈍久了肯定會讓生活了無生氣，哪有天堂可言？不可諱言，這群老鷹似乎讓他們觸摸到天堂。

恢復新鮮的視覺，並且學著在矯飾的世界裡保持樸實、真摯的赤子心，恢復一些原有的本性且擁有一顆關懷、溫暖的心，相信，你的世界離塵世的天堂會非常地近了。

我常想：自然的物與性相衍繁生，互相依存，人依著自然法則，經歷著生命的無常，難免有悲歡離合，但一般人都過得不太快樂，因為找不到釋放鬱悶的出口。我常在橄欖樹下冥想，思考一些似乎是強說愁的情緒，企圖讓自己不要活得「太認真」，偶而放下一些，放鬆一點，人生充滿著各種因緣，每一個因緣都可能把自己推向另一段人生的故事裡。我們全家為了築夢，尋尋覓覓後在這個「鷹谷」裡蓋了一棟與大夥兒分享的旅店，如今也快三年了。我們不敢輕忽每個來訪的住客與友人，我似乎有社會責任想在這兒讓他（她）能洗去一些疲累，祛除一些煩慮，暫忘一切，休憩靜心，好好渡過溫馨的假期。我了解充電與釋放的重要，每個人的情緒多少都會影響週遭的親人或朋友；如果能把劣質情緒轉換移除，找回雲淡風清的心情，不也就會帶給家人或朋友們幸福嗎？

格子窗

記得小時候住日式的公家宿舍，長方塊的紙木門（日語發音：繡雨）推拉開來是一片片長方格的榻榻米，盡頭處可以看到格子窗透著幽幽的綠，映著窗外隨著陽光變化搖曳生姿的老樟樹，舞出現代感十足的電視牆，喧鬧有如白天的市集，靜謐有如黑夜的星空。於是，日式的格子窗在童年的記憶中，總是鮮活地跳躍在腦海裡，成為一種樸雅、閒適、任性自如的格調。

那一年的秋天，隨著爸爸的調派，舉家搬到復興鄉角板山一幢老舊的日式宿舍，前院一排矮木槿，後院遍植清秀婉約、纖瘦可愛的綠竹子，不遠處便是明明淨淨、清翠疊巒的遠山，幾隻雞、鴨隨意走動，在樹籬圈圍的小天地裡，揉碎的陽光灑在石縫邊綻放在紫色野花上，別有一番逸趣與燦爛。我總喜歡趴在窗櫺上，好奇地瞧著外頭景觀，心想：每一窗格內就是一幅景，那麼，十個窗格子就有十個景！小時候自以為能排出那麼多幅美妙的畫而得意不已，及長，才知道是格子窗把景縮成一小幅畫任人欣賞哪！父親在後院植有葡萄數株，老藤攀繞繾綣著，白天清楚地看見陽光斜射在嫩黃葉片上，溫暖的光暈滲透擴散，整個後院鬧哄哄地好似暢快的笑語與呢喃；夜晚，月光下，一格格窗子襯著寬大的葉子變幻出各種剪影，還挺嚇人的。有次父親訪友深夜未歸，母親於前一天帶弟弟回彰化娘家，留我及妹妹獨眠黯淡淡的燈光下，偌大的榻榻米，僅聽見屋內鐘聲滴答，我瞪眼瞧著搖晃的葉影，一顆心因畏懼而揪在一起，兩手緊撫著榻榻米，抓得草蓆的勾線都快鬆斷了。妹妹啜泣嚷著要爸爸，我則噙著淚水不知所措地怨起父親的遲歸。同樣的一大片格子窗，卻夾雜著些許早熟的失落啊！

不知是童年記憶的影響，還是獨賞窗景的欣悅，我們的別墅——橄欖樹，無論在咖啡廳、迴廊上都鑿著格子窗。這些格子窗勾起我許多童年的回憶與感動，這也許也是一種領會人生滋味的方法吧！

國家圖書館出版品預行編目資料

嬈嬌美麗是阮的山 / 施寄青與她的鄰居們著

—— 初版 —— 臺北市：大塊文化，2006〔民95〕

面：　　公分　——　（smile；70）

ISBN 978-986-7059-36-9（平裝）

855　　　　　　　　　　95015369

LOCUS

LOCUS

LOCUS

LOCUS